Gerhard Dallmann · Wintergeschichten

Gerhard Dallmann

Wintergeschichten

Edition Anker

ABC-team-Bücher erscheinen in folgenden Verlagen:
Aussaat Verlag Neukirchen-Vluyn
R. Brockhaus Verlag Wuppertal und Zürich
Brunnen Verlag Gießen und Basel
Edition Anker/Christliches Verlagshaus Stuttgart
Oncken Verlag Wuppertal und Kassel

Edition Anker – Erzählungen

Die Deutsche Bibliothek – CIP-Einheitsaufnahme:
Dallmann, Gerhard:
Wintergeschichten / Gerhard Dallmann. – Stuttgart : Ed. Anker im Christlichen Verl.-Haus, 2002
(Edition Anker : Erzählungen)
ISBN 3-7675-3736-2

www.edition-anker.de

Umschlaggestaltung: Dieter Betz, Friolzheim
Satz: WVG Werbe- und Verlagsgesellschaft, Grevenbroich
Druck: Ebner & Spiegel, Ulm
Gesetzt aus der Janson 9,5/12
ISBN 3-7675-1829-5

Inhalt

Eine noch nicht geschriebene Weihnachtsgeschichte

Weihnachtsferien, wer liebt sie nicht. Ein paar Tage ausspannen, einmal das Gegenteil tun dürfen von dem, was tagein, tagaus den Arbeitsrhythmus diktiert. Das Kind geht spielen, die Eltern lassen sich durch nichts treiben, der Lehrer legt die Beine hoch und vergräbt sich in das Buch, das zu lesen seit langem sein Traum war.

Studienrat Valentin, seines Zeichens Lehrer für Deutsch und Literatur am städtischen Gymnasium, empfand es darum recht störend, um nicht zu sagen ungehörig, als in dieser Ferienzeit vormittags die Klingel an der Haustür sirrte. Nun, dachte er, ein Besuch zu dieser Stunde dürfte durchaus ungewöhnlich sein. Er öffnete. Vor ihm stand einer seiner Schüler aus der Abiturklasse.

„Du, Werner? Was treibt dich zu mir mitten in den lieben Ferien?“

„Ich bitte um Entschuldigung“, sagte der, aber ich muss Sie mal belästigen. Ich ... darf ich mal einen Moment was mit Ihnen besprechen?“

Studienrat Valentin pflegte keinen Besuch vor seiner Türe abzufertigen. Darum trat er zur Seite und ließ den Bittsteller eintreten. „Was gibt's, Werner. Ist es so wichtig?“

„Ich habe etwas Großes erlebt“, sagte der junge Mann. „Ich sollte, ich dürfte das einfach nicht für mich behalten. Bitte, lachen Sie mich nicht aus, Herr Valentin, aber ich habe eine ganz große Bitte.“

In Werners Blick lag etwas, was der Lehrer nicht zu

deuten wusste. Er kannte diesen seinen Schüler eigentlich recht gut. Mehrere Jahre hatte er dessen Klasse geführt. Als erfahrener Pädagoge wusste er dessen ungestüme, aber geistvolle und lebhafte Art, sich zu geben, wohl zu schätzen und hielt ihn überdies für einen grundehrlichen Charakter, was er nicht von allen seinen Schülern behaupten konnte. Kurz las er in seinen Augen, fragte dann:

„Warum soll ich dich auslachen. Geht's um Mädchen?"

„Quatsch, um was Ernstes." Einen Augenblick trat Werner von einem Bein aufs andere, blickte dann aber seinen Lehrer an und sagte:

„Ich habe etwas erlebt, das muss ich Ihnen erzählen. Das hat mich nämlich toll ergriffen. Und Sie, Herr Valentin, Sie müssen das aufschreiben. Deswegen bin ich hier. Nicht für mich, sondern für andere. Bitte sagen Sie nicht nein."

„Tja, Werner, das kommt so unvermittelt plötzlich. Ich soll da was aufschreiben?"

Werner drängelte: „Wann darf ich damit zu Ihnen kommen? Es dauert vielleicht nur eine Stunde, aber ich muss das loswerden. Sie sind wirklich der einzige, dem ich so was erzählen kann. Sie sind immer so verständnisvoll."

Indem er das sagte, schoss ihm wohl ein bisschen Verlegenheitsröte ins Gesicht. Der Pädagoge bemerkte das sehr wohl.

„Gut", sagte der, „wenn das so ist, ich hole meinen Kalender." Ging in sein Arbeitszimmer und kehrte mit dem Kalender zurück.

„Dezember, die nächsten Tage sind ja ganz frei. Wann willst du kommen?"

„Morgen?"

„Gut, morgen zehn Uhr. Aber pünktlich und bestimmt."

„Können sich auf mich verlassen", sagte Werner, bedankte und verabschiedete sich.

Werner wusste von einigen Veröffentlichungen seines Lehrers, die durchaus in die Rubriken gediegener Literatur einzuordnen waren. Man nannte ihn nicht ohne Grund in der Schule den heimlichen Schriftsteller. Doch nicht nur um dieser Sache willen war er auf ihn verfallen. Eigentliche Triebkraft war das Vertrauen gewesen. Valentin hatte für alles immer Verständnis gezeigt.

Nun, mit diesem recht ungewöhnlichen Anliegen also ließ er seinen verehrten Lehrer stehen. Mochte der jetzt denken, was er wollte.

Zur gesetzten Stunde des nächsten Tages saßen sich die beiden gegenüber, der Lehrer und sein Schüler, in weiche Lehnsessel gedrückt, zwischen sich einen niedrigen Tisch. Jetzt hieß es für Werner, nicht lange um den Brei herumzureden. Schaute er in das erwartungsvolle Gesicht seines Gegenübers, musste er beginnen. Und so berichtete er von der verfahrenen häuslichen Situation in der Familie, schilderte die Spannungen und sparte auch nicht mit echten Vorwürfen gegen die Eltern, vornehmlich gegen die Mutter, und wie sich alles am Heiligabend zugespitzt habe. Denn Mutter, beklagte er sich, behandle ihn und seine Schwester Adele wie kleine Gören. Dabei sei er doch schon siebzehn und die Schwester nur knapp zwei Jahre jünger.

Herr Valentin wusste: Jugend muss sich äußern können, Jugend braucht ein Ventil, muss mit eigener Meinung vorwärts stürmen, auch wenn sie hundertmal gegen den

Baum platscht. Aus diesem Wissen heraus zimmerte der erfahrene Pädagoge seine Prinzipien, zu denen das Zuhörenmüssen unabdingbar gehörte.

„Ich kann“, sagte Werner und kniff die Augen zu, „ich kann Mamas konservatives Getue nicht mehr ab. Sie ist nicht nur von gestern, sie ist von vorgestern. Haben wir als junge Generation nicht ein gewisses Recht, uns so zu verhalten, wie wir wollen, und das zu lieben, was wir gerne möchten? Natürlich mit Einschränkungen. Weiß ich auch. Was sagen Sie dazu?“

Herr Valentin sagte nichts. Ein nur angedeutetes Lächeln hatte als Zustimmung zu genügen.

„Naja“, meinte Werner schließlich, „bringen wir dies zum Abschluss. Aber lassen Sie mich bitte noch dieses eine sagen: Ich kann mir doch nicht dauernd gefallen lassen, wenn Mama mit ihrer stereotypen Belehrungssucht uns immer die Jahre ihrer eigenen Jugend unter die Nase reibt, wie sie sich verhalten musste und was die damals durften und nicht durften und überhaupt. Die Welt verändert sich doch. Es bleibt doch nichts, wie es einmal war. Sonst säßen wir noch heute im Bärenfell beim Kienspan und knabberten an Knochen. Sie lachen! Ist doch wahr, ich muss das mal sagen. Junger Wein in alte Schläuche, habe ich mal gehört. Irgendwann platzt das Ganze.“

Auf Herrn Valentins Frage, wie sein Papa denn zu alledem stünde, winkte Werner grinsend ab. „Papa? Ach, der hat ein gutes Herz, der liebt seinen Seelenfrieden. Im Grund hält er natürlich zu Muttern, auch wenn er mit ihr nicht eines Sinnes ist. Sie sind ja schließlich ein erfahrenes Ehepaar.“

„Und Adele?“

„Meine Schwester? Ach, die denkt sich ihr Teil, schmollt und packt sich ins Bett, wenn's bei uns kracht. Mit ihr verstehe ich mich noch am besten."

Mit schiefen Augen blickte der Junge zu seinem Lehrer hoch. „Aber lassen Sie mich weiter erzählen. Weihnachten stand, wie man sagt, vor der Tür. Tohuwabohu auf der ganzen Linie. Alles lief quer. Ich sage es ehrlich, ich gab mir Mühe, Mama in ihrem Zwang zu verstehen, alles bis zum Heiligabend ins Lot zu bringen, die Wäsche, die Einkäufe, das Saubermachen, die Geschenke, Fensterputzen und so. Eben alles das, was eine fröhliche, selige, gnadenbringende Weihnachtszeit fröhlich, selig und gnadenbringend macht. Wenn ich meinte, sie solle sich doch nicht überschlagen, wenn was nicht superkorrekt fertig sei, dann spürte ich ihren inneren Anfall. ‚Ich will das so, ich will das so', war dann eins ihrer gewalttätigen Worte. Nicht nur einmal brüllte sie in unsere Zimmer: Kinder, muss ich denn alles allein machen? Nun helft mir doch mal endlich!"

Werner wedelte verzweifelt mit den Händen: „Glauben Sie mir, Herr Valentin, ich wusste wirklich nicht, wie ich mich verhalten sollte. Immerhin war noch Schulzeit. Ich hatte, Sie wissen das, meine Aufgaben, meine Sportstunden, den Sonderkurs. Und schließlich steht ja auch das Abi vor mir, wenn auch erst in ein paar Monaten. Und Adele? Die kam auch nicht auf Anruf, wie man einen Hund bei Fuß befiehlt. Die pflegte ihre Backfischigkeit. Aber neben der Schule hatte sie ihren Intensivkurs. Und in Musik stand in den Tagen ein Vorspiel auf dem Plan. Da musste sie noch tüchtig üben. Also, Sie verstehen, wir hatten durchaus unser Tun. Langsam wurde mir dieses Weihnachten zu einer Anfechtung. Wozu eigentlich Weihnachten? Wozu! Was ist denn Weihnachten überhaupt! Ich komme damit nicht mehr klar. Da flattern einem geistlos vorgedruckte Advents- und Weihnachtsgrüße ins Haus, gleich verbunden mit dem Neujahrsgruß, damit der Schreiber sich bloß keine Mühe machen soll, eigene Gedanken zu formulieren. Welche Gedanken auch? Ist doch alles Quatsch. Was sollen zum Beispiel die kunstgepunzten Schokoladenweihnachtskerls, die in x Größen neben den Schnapsbuddeln die Regale in den Einkaufszentren füllen. Und Adventskalender! Mit Likörproben drin. So ein Betrug! Und was kriegen Sie seit November zu hören? Beim Klingeln der Ladenkasse säuselt es Ihnen um die Ohren: Süßer die Glocken nie klingen, Stühüle Nacht oder Läuse rüselt dör Schnöö. Ist doch zum Kotzen. Wochenlang. Und alles fürs Fest! Für welches Fest eigentlich, frage ich Sie. Die sind doch alle verrückt. Sehen Sie einen Sinn darin?"

„Nee-hee", lachte Herr Valentin auf, „ganz gestimmt nicht. Mit meiner Auffassung von Weihnachten hat das nichts gemein."

„Mama", redete Werner weiter, „Mama war unwahrscheinlich aufgedreht, klapperte mit Geschirr, saugte Staub, wo keiner war, rannte immer wieder zum Einkauf, schleppte sich, schlug die Türen und singsangte dabei pausenlos vor sich hin. Einmal riss sie meine Zimmertür auf und trällerte hinein, ich habe eine Überraschung, eine Ü, eine Ü, eine Überraschung. Wenn Weihnachten ist, wenn Weihnachten ist, dann kommt zu uns eine Überraschung. Ihr sollt euch freuen, Kinder."

Werner fuhr sich mit der Hand über die Stirn und sagte:

„Ich glaube, ich habe wohl blöde aus der Wäsche geguckt. Naja, Schwamm drüber."

Plötzlich blickte Werner hoch. „Wissen Sie", begann er wieder, „ich habe in letzter Zeit eine Veränderung in mir gespürt, wenn ich mir Weihnachten vor die Augen schiebe, die Lieder, die, verzeihen Sie, absurden Texte, die ins Skurrile greifen, die Aufführungskomödie, wenn wir singen sollten mit möglichst frommem Gesicht. Dieses ganze Gemache. Ist ja für Kinder ganz nett, aber nicht mehr für mich. Adele schnauft auch schon. Als ich noch klein war, stand das Fest in einem anderen Kleid vor mir. Kann man so sagen? Wochenlang träumte ich von dem Geheimnisvollen, von angezeigten Überraschungen, bastelte selbst und primelte irgendwas, mir selber zum Zeitvertreib, kokelte mit Wachskerzen und so. Sie kennen das sicher. Aber heute? Zum Donnerwetter, ich bin kein Kind mehr, kein albernes Gör, das noch an den Weihnachtsmann glaubt. Man wird schließlich älter und stellt durchdachtere Ansprüche an das, was um einen ist. Was früher wie ein Höhepunkt im Jahr gewesen war, ist jetzt weggepustet, einfach so. Heute suche ich nach greifbarem Inhalt. Gut, gut, das mit der Ratio, mit der Vernunft, das haben Sie uns oft genug erklärt. Und nun wende ich sie an. Es kommt mir vor, als spielen die Menschen mit einer tauben Nuss. Alles nur Schale, innen leer, ohne fruchtbringenden Kern. Neulich habe ich mal mit meinem Freund Theo darüber gesprochen. Wir haben versucht, eine fassliche Verbindung zur biblischen Weihnachtsgeschichte zu finden, was aber nicht gelang. Übriggeblieben ist am Ende nur ein Kind, ein holder süßer Knabe mit lockigem Haar, umflattert von tausend Engelein in lichten

Höhen. Was aber soll mir das? Können Sie mir das verraten? Ich habe weißgott andere Probleme. Ich kann mich nicht an blauschillernden Weihnachtsbaumkugeln begeistern. Bitte verstehen Sie mich, wenn ich jetzt sage, ich habe in diesem Jahr dem Heiligabend regelrecht entgegengebibbert. Mitspielen? Naja, aber nur um Mamas willen, um des lieben Hausfriedens willen. Mitspielen, aber nicht mehr. Doch, hören Sie, Herr Valentin, es kam eben anders, kam ganz anders. Und deswegen hatte ich Sie gestern gebeten, mich anzuhören und das aufzuschreiben, was ich am Heiligabend erlebt habe. Tja, und jetzt sitze ich hier vor Ihnen. Bin Ihnen ehrlich dankbar, dass ich das darf, hier sitzen."

Herrn Valentin schien es, als sei alles bisher Gesagte nur die Ouvertüre zu einem noch ausstehenden Drama zu sein. Und so war es ja auch. Denn doch nicht ohne treibenden Grund besucht ein Schüler einer höheren Lehranstalt seinen Lehrer in den Ferien. Er war bereit, dem Geschehen weiterhin zu folgen, schlug die Beine übereinander und kuschelte sich in die Sesselecke. Er war mehr als nur neugierig. Er war interessiert.

„Am Heiligabend", begann Werner, „viel zeitiger als vereinbart, brachte ein Taxi die Großeltern an. Mama tat zwar höchsterfreut, und eine intensive Ableckerei war unumgänglich. Doch ich hörte, wie sie Papa gegenüber stöhnte: ‚In aller Herrgottsfrühe. Ich bin doch noch lange nicht fertig'. Und damit schob sie die beiden einfach zu mir ins Zimmer. Das passte mir ja nun gar nicht. Ich hatte mir an dem Vormittag die mir von Ihnen aufgegebenen Aesopschen Fabeln vorgenommen und war so schön damit in Gang und fand das darum von Mama gar nicht geschickt. Ließ sie das auch wissen. Klappte aber doch die Bücher zu und widmete mich den beiden Altchen, so wie sich das für ein wohlerzogenes Enkelkind gehört. Opa Gustav, ach, ich mag ihn schon ganz gern. Der hatte sich mit ein paar Päckchen behängt, hübsch verpackt, wie man das so macht und hat gesagt: Guck da nich hin, Wernerchen, is auch was für dich dabei. Fragte auch im gleichen Zug, was ich da läse und ich solle mich fein bilden, Wissen sei Macht. Sagte er. Oma Marthas Thema war anderer Art. Sie klagte wie immer über das miese Wetter draußen, dass es gar kein richtiges Weihnachtswetter sei, nicht mal Schnee wie früher, als sie Kind war, und dass ja heutzutage sowieso alles anders sei und gar nicht mehr schön und so. Dabei wanderte sie in meiner Stube von einer Ecke in die andere, beäugte meine Poster und machte ihre Bemerkungen über die Pilzköppe, wie sie sagte, und wer das alles sei, der und der und der, und das unangezogene Mädchen, und ob sich das gehöre. Naja, so ging das dann los. Zum Mittagessen war noch eitel Friede-Freude-Eierkuchen. Zur gesetzten Stunde dann, gegen vier, nein, genau beim Gongschlag der Standuhr, da begann das Spiel. Der Einzug der Gladiatoren in die Weihnachtsstube. Und da war sie dann ja auch, die Ü, die Ü, die Überraschung, unübersehbar, ein kunststoffener, supergrüner, hässlicher, baumartiger Gegenstand. O Tannebaum, wie grün sind deine Blätter. Irgend so ein Gestell, das Sie in verschiedenen Größen in jedem Supermarkt kriegen, das Ende jeden kulturellen Geschmacks. Natürlich mit elektrischen Kerzen, rot und grün. Ekelhaft. Ich meine, so was hätten wir ruhig vorher miteinander besprechen sollen, nicht wahr?“

„Das wäre wohl angebracht gewesen", gab Herr Valentin zu.

„Die Großeltern haben dann ihren obligatorischen Platz vis-à-vis vom Klavier eingenommen. Adele musste sich mit einigen Weihnachtsliedern auf dem Klavier präsentieren. Zum Glück brauchte ich nicht wie in früheren Jahren Blockflöte zu piepen, was Oma natürlich wortgewaltig bedauerte. Es wäre doch schön, wenn die Kinder, die Kinder, die Kinder ... aaach! Ich fand, Oma wirkte irgendwie störend, und indem ich sie das wissen ließ, muss ich mich wohl ein bisschen im Ton vergriffen haben, jedenfalls ranzte Mama mich an, ich solle mich nicht wie ein Flegel benehmen, und heute sei Weihnachten, das Fest der Freude und der Harmonie und und und. Ich, sagte sie, ich hätte die Stimmung vermiest, ich hätte ihr mit meiner Art alle Freude gestohlen, und ich sei in letzter Zeit überhaupt nicht mehr, wie ich sein sollte und und und. Tja, Herr Valentin, da war sie nun, die selige, gnadenbringende Weihnachtszeit. Ich muss Ihnen gestehen", Werner sah seinen Lehrer mit tieftraurigem Blick in die Augen, „mir stand das bis hier!" Und machte eine entsprechende Bewegung mit der Hand unterm Kinn.

„Über die Geschenke will ich jetzt nichts sagen. Will mich auch nicht über den weiteren Verlauf des Abends auslassen, um niemandem wehzutun. Wahr aber ist, dass ich tausendmal lieber mit meinem Freund zusammengegluckt hätte. Wissen Sie, der Theo und ich, wir debattieren über alles, über Gott und die Welt und über unsere eigenen Probleme. Ich konnte Omas Wehklagen einfach nicht mehr ab. Immer wieder griff sie in die morsche Tüte ihrer Vergangenheit, und wie die Welt heute so schlecht und verdorben sei und so schnelllebig, und was sie nicht alles zum Beweis dafür anbrachte, wie schön und ehrlich und moralisch es in ihrer Jugend zugegangen sei. Und was die Jugend anbetrifft, wie die sich heutzutage benähme – aaach, Schwamm drüber. Natürlich stimmt nicht alles so, wie es stimmen sollte. Das weiß ich auch. Aber die Leutchen sollen sich nicht immer was vormachen. Oma mit ihrer von Seligkeit triefenden guten alten Zeit. Musste die an diesem Abend dauernd ihre Engelchen schweben lassen, flatternd durch die Lüfte? Und Mama? Die spielte die Glückvolle. Die zog mir eine Liebeskomik auf, die in mir alle Haare hätte sträuben lassen, wenn ich welche hätte. Bestimmt."

Werner war am Zug. Herr Valentin ließ ihn reden. Er dachte, vielleicht spürt der Junge von selbst, wie er sich mit seinem Verurteilen ins Unrecht setzt. Ist denn nicht für die meisten Menschen Weihnachten eben ein schönes Fest, das man feiern will, jeder auf seine Weise? Lassen wir ihnen doch ihre Äußerlichkeiten, wenn sie ihnen genügen. Hätte der Junge mehr toleriert, wäre sein Richterspruch nicht dermaßen schroff ausgefallen. Bedingungsloses Denken in diesem Jugendalter ist zwar typisch und gehört zum Erwachsenwerden, entschuldigt aber nicht.

Nun, die Stimmung muss sich nach Werners Bericht dermaßen aufgeschaukelt haben, dass von Friede auf Erden nichts mehr zu spüren war und den Menschen auch kein Wohlgefallen entgegenschwamm. Zuletzt hätte auch Adele ihn noch zusammengestuckt, und durchaus mit nicht mit ausgesucht stubenreinen Vokabeln. Wörtlich habe sie gesagt, nein, geschrien: Halt's Maul, heut ist

Weihnachten. Schimpf nich immer. Da hätte es ihm gereicht, er sei aus der Stube gerannt, knall, Tür zu.

„Sie können mir glauben, Herr Valentin", sagte er, „als ich draußen war, wusste ich nicht, ob ich lachen oder heulen sollte. Ich glaube, ich habe beides getan. Irgendwas war in mir zerbrochen. Die Frage, was Weihnachten im eigentlichen Sinne sei, fand bei mir keine Antwort. Ich habe mir die Kernstücke der biblischen Weihnachtsgeschichte noch mal genau durchdacht. Im Konfirmandenunterricht hatten wir sie ja auswendig lernen müssen. Ich kenne jedes Wort, jeden Buchstaben, fand aber keine Verbindung, ausgenommen vielleicht das Kind. Christkind? Was ist das? Augustus, der römische Kaiser? Ist doch vermoderte Historie. Bethlehem? Liegt doch im Urschleim der Geschichte vor 2000 Jahren. Gut, gut, Geschichte hin, Geschichte her. Was aber folgert man heute aus ihr? Sinnleere Feierei. Arm, sagt man, arm wäre das Kind gewesen, und hinterher auf der Flucht vor dem Genickbrecher Herodes. Und wie, bitte, wie feiern die Menschen heute das arme, arme Kind? Hunderte von Mark schmeißen sie raus für irgendwelchen Tinnef und gewinnen nichts dabei, noch nicht mal sich selber. Ich frage nach dem Zusammenhang mit dem Ursprünglichen. Für mich wäre dann Jesus umsonst geboren worden. Wozu ist er eigentlich, wie es heißt, in die Welt gekommen? Wissen Sie das?"

Studienrat Valentin schwieg.

„Fragen über Fragen, nicht wahr? Und nun sitze ich hier bei Ihnen und belästige Sie mit meinen Problemen. Aber nicht nur deswegen. Neinein, sondern weil mir gerade in dieser Beziehung etwas passiert. Der Krach zu

Hause war nur der Auslöser. Doch das zu erzählen ist wie ein ganz neues Kapitel."

Werner lächelte sein Gegenüber ein wenig verlegen an, sozusagen um Verzeihung bettelnd, und fragte mit einem Blick zur Seite:

„Darf ich einen Schluck von dem Saft da haben?"

In der Tat, hier beginnt wirklich ein neues Kapitel. Es beginnt mit dem Erwähnen einer Zeitungsnotiz in der Lokalpresse, vor zwei Wochen, die hier in vollem Wortlaut wiedergegeben werden soll. Sie lautete:

'Am gestrigen Nachmittag kam es in der Nähe der Pauluskirche auf übereister Straße zu einem tragischen Unfall. Ein PKW-Fahrer war aufgrund unangepasster Fahrweise ins Rutschen gekommen und gegen das an der Kreuzung stehende Vorfahrtschild geprallt. Dieses brach um, wodurch eine neben dem Schild wartende Frau am Kopf so schwer verletzt wurde, dass sie noch vor Eintreffen des Rettungswagens am Unfallort verstarb. Der Schaden beläuft sich auf ca. 9.000,– Mark.'

Mit tiefer Entrüstung hatte Herr Valentin dies neulich gelesen. Er war außer sich. Der Schaden? Welcher Schaden? Wessen Schaden? Kann man den Umfang solchen Schadens jemals ermessen? Der ist maßlos. Wäre er, er selber der unglückliche Fahrer gewesen, er würde sich für einen Totschläger halten. Das wäre dann nur s e i n seelischer Schaden. Aber die Familie? Ein unbezahlbarer Schaden. Die Eltern? Vielleicht die Kinder? Der Ehemann? Schämen sich die Schreiber solcher Artikel nicht, so ohne Gefühl, so splitternackt einen Schaden von circa neuntausend Mark zu kalkulieren?

Noch ein anderes kam dem Mann in den Sinn. Ist doch

erschreckend, wie Menschen solcherart Nachrichten, die oft nur eine Randnotiz darstellen, zu lesen sich gewöhnt haben. Für Sekunden setzt wohl mal der Herzschlag aus, doch schon wandern die Augen weiter, auf anderes hin. Solch Unglück rührt keine Seele mehr auf. Seine Frage, ob ein Menschenleben keinen Wert mehr habe, irrte antwortlos von ihm fort. Der Verstand, der alles abwägt und ermisst, zeigt sich kaltschnäuzig als berechnendes Kalkül. Was ist nur los mit dem Gefühl, fragte er sich, diesem feinen Sensor in uns?

Studienrat Valentin war ein rechtdenkender Mensch, der auch eigene Schwächen zu haben nicht leugnete. Das war wohl einer der Gründe, weshalb mancher seiner Schüler sich bei ihm Rat erbat und auch bekam, wenn irgendwo was ausgehakt war und nicht so lief, wie es laufen sollte. Und jetzt sitzt wieder einmal einer seiner Schüler vor ihm, um auszusprechen, was ihn innerlich umtreibt. Hört er nicht einen ähnlichen Schrei wie den seinen in jüngeren Jahren? Ein Aufbegehren, ein Blasenwerfen gährenden Weines im Ballon? Es wiederholt sich alles. Jede Generation kämpft für sich. Geistiges Abnabeln nannte Valentin dieses Geschehen.

Diese und andere Gedanken schwirrten in seinem Kopf herum, indes Werner an seinem Glas nippte.

Ausgetrunken stellte er nun das Glas auf den Tisch zurück und sagte:

„Danke für den Trunk, schmeckte gut. Aber weiter im Text. Ich war also ausgebüxt. Nicht gleich. Hatte mich vorerst in meinem Zimmer verbarrikadiert und wollte mir Eigentherapie anlegen, eine meiner Lieblingsmusiken. Ließ das aber sein. Schöne Musik und Aufbegehren passen nicht ineinander. Das gäbe nur Dissonanzen. Ich musste auf andere Art zur Ruhe kommen, verstehen Sie? Und ich wusste auch, wie. Ich stieg in meine alten Jeans, in die dicken Lederbotten, schlug mir die Regenjacke um und ging los. Offiziell habe ich mich drinnen nicht verabschiedet, habe nur ins Zimmer gerufen, ich wolle frische Luft schnappen. Hörte noch, wie Mama entrüstet fragte, wo ich denn um Himmels willen hinwolle, sie säßen doch so schön hier zusammen und und und. Die Uhr schlug ihre dröhnenden Schläge, ich zählte neun. Dann fiel die Tür hinter mir ins Schloss. Aus. Ich war draußen. Das bisschen Nieselregen kam mir vor wie ein Seebad, so erfrischend und ergötzlich, sage ich Ihnen. Auf der Straße war es bumsstill. Um die Lampen hing der Schein im Regen, märchenhaft. Hinter den vorgezogenen Gardinen schimmerten die Weihnachtsbäume, was mich aber in keiner Weise wehmütig oder seelenkrämpfig stimmte, wenn Sie verstehen, wie ich das meine. Im Gegenteil. Ich fand mich heldisch erhaben. Hatte das unbedingte Gefühl, hier bin ich Mensch, hier darf ich's sein. Eigentlich ging ich ziellos durch die breite Straße, die mein täglicher Schulweg ist. Das ergab sich von selbst. Also, die Stille um mich, ich höre sie noch jetzt, wo ich Ihnen das erzähle, war einfach wunderbar. Anders kann ich das nicht bezeichnen. Jetzt hätte ich tatsächlich Musik mit mir rumtragen können. Keinen Beat oder so was, eher schon einen Mozart oder einen Song vom Thomanerchor. Tja. Können Sie mich verstehen? Ich meine, es ging mit mir etwas rum, das musste ich in den Griff kriegen. Weihnachten, was ist das? D a s war es nämlich. Die Kardinalfrage: Was ist Weihnachten? Und dann, Herr Valentin, dann kam die Antwort, aber aus einer Ecke, die Sie nicht erahnen. Halten Sie sich fest, denn was jetzt kommt, grenzt ans Unglaubliche. Sie kennen doch die Straße, die Kreuzung, die Pauluskirche, den dicken Schuhladen, wo vor einiger Zeit ein Unfall mit einer Frau gewesen sein soll, wie die Leute sagen. Das mit dem umgefahrenen Verkehrsschild. Soll auch in der Zeitung gestanden haben. Wissen Sie davon? Dort vor dem Schuhladen, da saß ein Mann, mutterseelenallein. Stellen Sie sich das vor, bei diesem nasskalten Wetter. Saß allerdings unter dem Überbau vom Laden direkt vor dem Schaufenster. Der saß da, auf einem Klapphocker, so einem Ding, das leicht zu tragen ist. Saß da, und ich dachte, vielleicht ein Obdachloser. So aber sah der nun auch wieder nicht aus, mit goldener Brille und feingebügelter Hose und gar nicht billigem Mantel und Hut. Obdachlose sehen anders aus. Nein, wissen Sie, was das Komische war, und das war beileibe nicht komisch, der Mann stierte gedankenversunken auf eine Laterne, eine Art Stallfunzel mit einer Talgkerze drin. Die stand an der Stelle, wo das Verkehrsschild umgefahren worden war, genau da. Eine billige, halbverrostete Stalllaterne, so ein viereckiges Dings aus Großmutters Zeiten. Und auf die guckte der Mann immer, sah auch nicht auf, als ich an ihm vorbeiwollte. Waren doch nur ein paar Meter zwischen der Laterne und der Hauswand, vor der er saß. Ich weiß nicht, ich durfte ohne Gruß nicht an ihm vorbeischleichen. Da lag etwas in der Luft. So was spürt man doch, nicht wahr? Ich blieb also stehen für einen Moment und sagte N'Abend, und der Mann schaute auf mich mit einem Blick, der ging mir ganz schön in die Nieren. Guten Abend sagte auch er, gar nicht gequält etwa, sondern mit einer Art Freundlichkeit, die mich festhielt. Ich sagte: Sie sitzen hier? Ist Ihnen nicht kalt? Sagt er: Ja, ich sitze hier. Nein, mir ist nicht kalt. Sage ich: Aber Sie sitzen hier nicht gut. Sagt er: Laß mich man ruhig hier sitzen, ich sitze hier gut. Sage ich: Aber im Regen und so allein. Sagt er: Ich bin nicht allein. Komm unters Dach, mein Junge, hier regnet's nicht.

Gut, ich stellte mich also unter den Überbau und zeigte auf die Laterne. Fragte: Haben Sie die Lampe da hingestellt? Ein komischer Weihnachtsbaum, und mitten auf der Straße. Sagt er: Ist für mich kein komischer Weihnachtsbaum und steht auch nicht mitten auf der Straße. Ich dachte, ich kann jetzt nicht einfach weggehen. Der Mann, und ich, wir beide, hier im Dezemberwetter, heute, das passt irgendwie zusammen. Sage ich: Das Licht da, hat das eine besondere Bedeutung für Sie? Ich blickte auf ihn herab und suchte sein Gesicht. Da sagt er mit einer Stimme, die fast keine Stimme ist: Ja, das Licht hat eine besondere Bedeutung für mich. Und wenn du so fragst, mein Junge, das Licht da, das ist meine Frau. Hier ist sie gestorben, an dieser Stelle, dort.

Wissen Sie, Herr Valentin, da konnte ich nichts sagen, konnte ihm nur meine Hand auf die Schulter legen. Doch jetzt, jetzt kam der Hammer. Er sagte, er selber habe das Auto gefahren, er selber. Er wüsste zwar nicht, warum er mir das erzähle, denn er trüge seine Sachen nicht auf den Markt zum gefälligen Kauf. Nein, er sagte wörtlich: Weil du hier stehst, mein Junge, und weil du mit mir redest, sage ich das. Und wenn mir noch so weh dabei ist. Ich, ich habe das Auto gefahren. Und nun habe ich hier, hier an dieser Stelle meine Weihnachtsfeier, mit ihr zusammen, unter dem, wie du sagst, komischen Weihnachtsbaum. Du siehst, ich bin nicht allein. Meine liebe Frau ist ja bei mir. Das ist mein Weihnachten. Kennst du den Vers: Aus tausend Traurigkeiten gehn wir zur Krippe still, das Kind der Ewigkeiten uns heute trösten will, kennst du den Vers?

Wissen Sie, Herr Valentin, wie er das so sagte, kriegte ich das Heulen. Naja. Aber das mit dem Kind der Ewigkeiten, das war ein Wort, das hat Inhalt, das hat Griff. Der Mann und ich, wir haben dann miteinander geredet, wie ich bisher mit keinem Erwachsenen geredet habe. Außer mit Ihnen vielleicht. Es fing damit an, dass er mich fragte, warum ich hier bei Nacht und Nebel herumirre, statt zu Hause im traulichen Stübchen zu feiern. Nun, brühwarm habe ich ihm aufgetischt, wie es zu Hause aussah und wie es in mir aussah und dass in mir etwas offen und unerfüllt wäre. Da hat er mich am Arm gegriffen, an sich gezogen und meine Hand gefasst. Ich fühlte dabei, wie etwas zu mir rüberkam, so eine Art Energiefluss, wenn Sie verstehen, was ich meine. Er sagte dann, auch er hätte sich in jüngeren Jahren seine Gedanken gemacht. Man müsse, sagte er, die Vokabel Weihnachten von ihrem irreführenden Wortlaut lösen. Wir hätten es hier mit einem Konglomerat von mittelalterlicher Mystik und griechisch-römischer Denkweise zu tun. Auf die habe sich das aufkommende Christentum klüglich gesetzt, so wie eine Schmarotzerpflanze auf einen Baumast. Er meinte das natürlich nicht diskriminierend, man vergleicht das am besten mit einem Sekundärpflänzchen, das von seiner Mutterpflanze die Lebenskraft bekommt. Dazu müsse man aber auch bedenken, wie alles Bestehende einer Veränderung unterläge, wie sich Sitten und Gebräuche ändern und schließlich, gelöst vom Ursprünglichen, seine eigentliche Quelle verleugne. Du musst, sagte er, grundsätzlich zwischen Weihnachten und Christfest unterscheiden. Lassen wir Weihnachten, die geweihten Nächte der alten Römer, jetzt mal aus dem Spiel. Tauchen wir hinab in das Ursprüngliche. Da findest du einen Bericht über eine geschichtlich wahre Begebenheit, die allerdings in nur wenigen Zeilen ans Licht kommt, eingebaut in durchaus fragwürdige Geschichtsdaten mit Kaiser Augustus und dem Statthalter Cyrenius. Dieses Geschehen, sagte der Mann, die Geburt von Jesus und die nette Erzählung mit der Krippe da in Bethlehem darfst du aber niemals lösen von dem, was später mit dem heranwachsenden Kind geschah, dem Kind der Ewigkeiten, sagte er. Es sei aber logisch, Geborenwerden und Sterben sind die Eckpunkte jeden Lebens, und in unserem Fall Krippe und Kreuz. Ob das schwer zu verstehen wäre, fragte er mich. Nee-he, das habe ich kapiert. Dieses Geborenwerden, um später zu sterben, musste also geschehen. Und das feiern wir am vierundzwanzigsten Dezember. Zugegeben, ein nicht ganz feststehendes Datum. Im Kalender findest du oftmals den Begriff Zeitrechnung. Aber lass sein, Geburtstagsfeier hin, Geburtstagsfeier her, entscheidend ist doch, sagte er und drückte dabei meine Pfote, um anzudeuten, jetzt käme etwas Wichtiges, entscheidend ist doch, wie ein Mensch mit der späteren Existenz dieses Krippenkindes fertig wird, mit dem was er vorgelebt und gelehrt hat, und wie man selber damit umgeht. Glaub mir, mein Junge, sagte er, ein Mensch ist nicht darum ein Christ, weil er zu Weihnachten mal in die Kirche geht und sich eine Predigt anhört. Es gibt durchaus gute Predigten, ob sie aber alle tief genug hinabtauchen in die allerletzte Wahrheit, bleibt mir die Frage. Was ist schon die Wahrheit! Auf jeden Fall kommt es darauf an, wie du selber mit dem Wort umgehst, das dir gesagt wird. Entweder hast du Gewinn, oder du verlierst.

Ich sagte ihm darauf, das wäre ja gerade meine Crux, mit der ich mich herumschlüge. Ich würde gerne tauchen, tief tauchen und den Grund des Weihnachtsfestes aufspüren. Den Sinn, sagte ich wohl. Sagt er: Ihr als junge Leute, ihr habt durchaus das Recht, für euch selbst zu suchen und alles Bestehende zu hinterfragen. Er sagte, es gäbe auch eine geistige Diktatur, die Geschichte sei voll davon, und die sei vom Teufel und hätte im Lauf der zweitausend Jahre unsägliches Unheil angerichtet. Aaaber, sagte er gleich dazu und hatte seinen Finger hoch und mir entgegengestreckt, aaaber ich will dir mal einen Spruch sagen, der Hand und Fuß hat und der haargenau in deine Denkmaschen hineinpasst. Hör zu! Wäre dieser Jesus tausendmal in Bethlehem geboren und nicht in dir, was hättest du davon? Es ist doch völlig egal, wo dieses Bethlehem liegt, eine kleine Stadt übrigens, die heute durch dummen Tourismus um und umgetrampelt wird. Dieses Bethlehem kann ebenso hier und jetzt, auf dieser Straße, bei diesem miesen Wetter sein, jetzt um fast zehn Uhr abends, und nicht nur heute, nein, morgen und übermorgen. Worauf kommt es denn an, mein Junge? Er drückte wieder meine Hand und sagte mit sehr bestimmendem Nachdruck: Dieses Kind muss in dir geboren werden, in dir, in dem Raum deines ganz persönlichen Glaubens, und das mit seiner ganzen Wucht, mit seinem Geist, seiner Ethik, seiner Göttlichkeit, seiner Energie und seiner vollkommenen Liebe, mit allen Strömen, die aus dem Ewigen kommen. Du weißt ja, Geburten tragen immer Schmerzen mit sich. Und jetzt hast du solche Schmerzen, ja? Ich sage dir, junger Freund, gib nicht dem Verstand Raum. Du musst nicht alles verstehen wollen. Das kann niemand. Daran kranken alle Philosophen. Gib deinem Gefühl Raum, dem Gefühl für die Richtigkeit einer Sache. Das Gefühl ist der Sensor, der bei dir klick macht. Urteile und handle in erster Linie nach deinem Gefühl. Dann weißt du erst, wer du bist. Ich bin nicht darüber informiert, wie weit du die Bibel kennst, aber sie gehört jedenfalls zur Weltliteratur. Da findest du im Johannesevangelium etwas über Weihnachten, aber in ganz anderer Weise. Nix mit Krippe und Windeln und was der Lukas so erzählt. Da steht ein ganz erschreckendes Wort, nämlich: Er, gemeint ist Jesus, er kam in sein Eigentum, gemeint ist die Welt schlechthin, er kam in sein Eigentum und die Seinen nahmen ihn nicht auf. Die ihn aber aufnahmen ... Und jetzt frage ich dich, mein Junge, wie steht es bei dir mit dem Aufnehmen? Für mich ist Weihnachten nichts anderes als ein Angebot, aber was für eines! Das gibt es nicht zum zweiten Mal. Es liegt an uns selber, was wir mit diesem Angebot machen. Lasse dieses Wort mal wie Balsam über deine Seele laufen: Wär Jesus tausendmal in Bethlehem geboren und nicht in dir. Bitte sehr, dann hast du was für dich, dann bekommst du Antwort auf deine Frage, die dich heute umtreibt. Und dann kannst du vielleicht auch d a s fassen, was mich, mich, heute, hier, trägt und nicht in Eigenbeschuldigung und Trauer zermürbt untergehen lässt. Ich sagte vorhin: Aus tausend Traurigkeiten gehn wir zur Krippe still. Das Kind der Ewigkeiten uns heute trösten will." –

„Tja, Herr Valentin", sagte Werner nach tiefem Atemholen, durch das er sich wieder zurück in die Gegenwart, in die Stube seines Lehrers zu holen suchte. „Tja, so und so ähnlich hatte der Mann auf dem Klapphocker mit mir geredet. Er hatte nachher meine Hand losgelassen und mich von sich fortgeschoben. Er zeigte hinüber zur Pauluskirche, vor der sich ein Haufen junger Leute versammelt hatte. Die standen vor dem Portal. So sagt man doch von einer Kirchentür, nicht wahr? Die da standen, das war so meine Kragenweite und Schuhgröße. Die drängten hinein, als die Uhr vom Turm zehn schlug. Drinnen brannte kaum Licht. Ich dachte, wenn die rein dürfen, darf ich das auch.

Von dem Mann wollte ich mich noch verabschieden und ihm danke sagen. Der winkte aber ab und sagte: Ist gut, mein Junge, lass mich man noch so lange hier sitzen, bis die Kerze runtergebrannt ist. Fein, dass wir beide haben miteinander reden können. Manchmal werden Menschen auf besondere Weise zusammengeführt, deren Sinn man erst hinterher gewahr wird. Bist ein guter Kerl. Ja, hat er gesagt. Und ich soll zu meinen Leuten gehen, da gehöre ich besser hin als zu ihm."

Werner atmete noch einmal tief aus, zeigte dann in verhaltener Bescheidenheit auf die Saftflasche und fragte:

„Darf ich noch ein Schlückchen von dem da?", fügte aber gleich hinzu: „Sie müssen das alles aufschreiben, so wie ich es Ihnen erzählt habe. Bestimmt, ja?"

Während Werner das Glas langsam, Schluck für Schluck bis zur Neige leerte, lauerte bei Herrn Valentin die Frage, was nun noch kommen würde. Hintergründig lebte in ihm noch das Bild des Mannes auf dem Klappstuhl, so plastisch, so lebendig, als säße er leibhaftig vor ihm. Dieser Mann hatte dem Jungen einen Halt unter die Füße gegeben. Ich weiß nicht, sprach er zu sich selbst, was ich jemandem hätte raten können, wäre meine eigene Frau auf solch schreckliche Weise und durch meine Schuld ums Leben gekommen. Doch lassen wir jetzt den Mann vor dem Schuhladen. Was nur, was nur soll ich aufschreiben. Alles? Und wie? Wörtlich oder mit eigenen Worten?

So dachte Studienrat Valentin und blickte auf seinen Schüler, der das Glas auf dem Tisch abstellte und sagte:

„Danke, hat gut getan. Aber nun weiter. Ich kann aber nur zusammenfassen. Der Reihe nach wiederzugeben ist zu kompliziert. Ein Haufen guter Gedanken. – Ich ging also zur Kirche rüber und mit den anderen rein. Einige der Leutchen kannte ich. Die waren aus meinem Wohnbereich. Die Kathi war auch dabei, ein nettes Mädchen aus meiner Klasse. Sie kennen sie. Kathi winkte mich gleich zu sich, als sie mich entdeckt hatte. Ist doch immer gut, in einem Haufen Unbekannter einen Bekannten zu wissen. Wir alle stellten uns dann in einem offenen Kreis vor den Altar. Wir waren etwa fünfundzwanzig meines Alters und ein bisschen älter. Vor dem Altar stand ein Pastor und wartete auf uns. Ich kannte ihn nicht. Ein drahtiger Mann. Der gefiel mir. Er begrüßte uns und sagte, schön, dass ihr gekommen seid. So eine Begrüßung habe ich in der Kirche noch nicht gehört. Naja, Schwamm drüber. Aber ich muss Ihnen sagen: ich, ich, so spät abends in der Kirche, dabei immer das unterkütige Gefühl, heute sei ja Weihnachten, und die andern neben mir, und die Kathi hatte meine Pfote in der ihren und drückte sie manchmal, das war, entschuldigen Sie den Ausdruck, das war einfach überwältigend. Keiner hat da auch nur einen Mucks gesagt. Eine Stille war im Raum, sage ich Ihnen, da hätten Sie bestimmt die berühmte Stecknadel fallen hören können. Bei unseren Klassenversammlungen bin ich ganz was anderes gewöhnt. Hier war jeder für sich und doch nicht für sich. Dazu der matt erleuchtete Raum, denn nur auf dem Altar brannten Kerzen. Sonst war die Kirche ganz duster. Ich muss Ihnen sagen, etwas Unbeschreibliches kroch da in mich hinein. Ich kann das wirklich nicht in Worte fassen. Kann man sagen heilige Stimmung? Nee, Stimmung war das nicht. Stimmung ist vorübergehend. Nein, da war mehr. Ob das in diesem Weihnachten seinen Grund hatte? Ich denke, Weihnachten hat viele Gesichter. Eines klebt bei mir zu Hause, eines zeigt sich hier, eines vorher auf der Straße.

Und in diese Stille hinein redet der Pastor. Ich weiß nicht, wie er heißt, aber er hat Ähnlichkeit mit Ihnen, nur ein bisschen jünger. Der blieb übrigens nicht am Altar stehen. Der nicht. Der klemmte sich zwischen zwei Jungen in unseren Kreis, um wohl damit zu demonstrieren, er gehöre ganz selbstverständlich zu uns, als einer der Unseren. Fand ich gut. Er sagte viel. Bruchstückhaft will ich versuchen, es zusammenzukriegen. Er fing damit an, dass Weihnachten immer wieder Fragen aufwirft, Fragen, die bei jedem anders aussehen und auch ganz unterschiedliche Motivationen haben. Dann nahm er sich aus dem Matthäusevangelium eine Stelle aus der Weinachtsgeschichte vor. Wissen Sie, die Stelle mit der Flucht nach Ägypten. Auf der Flucht, sagte er, sind wir mehr oder weniger alle, wenn wir uns mal richtig beobachten. Flucht vor allem, was uns nicht passt und bedrängt. Immer mit der Sehnsucht in eine erträumte andere Welt. Flucht nicht etwa wie Maria und Joseph und das Kind vor dem blutrünstigen Herodes von damals. Herodesse, sagte er, gibt es zu jeder Zeit, gestern, heute, morgen. Manchmal treten sie auf in der Gestalt des Wohlstandes und der Saturiertheit, die uns nicht passt, wenn wir an die armen Völker denken. Flucht aber auch vor den eigenen Ängsten und vor der Unruhe in uns selbst. Und vor jeder Art Gebundensein fliehen wir. Ihr, sagte er, gerade ihr in eurem Alter. Peng, das saß. War ich nicht höchstpersönlich von zu Hause geflohen? Vor wem aber? Und wohin! Was sagen Sie dazu, Herr Valentin?

„Kann wohl stimmen", gab dieser zu, „aber lasse jetzt mal meine Meinung beiseite. Erzähle weiter, ich bin gespannt."

„Gut, weiter. Der Pastor sagte, der Jesus, dessen Geburt wir heute feiern, der kam in unsere Welt. Er betonte in u n s e r e, weil er damit sagen wollte, in jedes einzelnen Welt. Und zwar heute und nicht in die vor zweitausend Jahren. Da musste ich an das Wort des Mannes auf dem Klappstuhl denken. Nicht in Bethlehem, sondern in mir. Sie erinnern sich? Und der Pastor sagte, und das verblüffte mich ganz schön, Jesus wäre nur ein Botschafter gewesen, einer, der eine Botschaft bringt, aber was für eine! Eine Botschaft, die den Menschen verändern kann. Zugegeben, nicht die große Welt auf unserem Globus. Aber die kleine Welt in uns, die wird veränderbar. Bei alledem, was Menschendummheit und Menschenwahn aus ihr gemacht habe, bleibe sie doch in sich völlig unberührt. Und wir, wir wollen sie uns nicht verfälschen lassen. Was ins Oberflächliche und in romantische Süßholzraspelei abgesackt sei, so habe er wörtlich gesagt, das wollen wir schleunigst vergessen. Der Kern der Sache ist etwas Einmaliges und bis heute wahr. Er heißt: Ich, Gott, der Ewige, Unbeschreibbare, Unbegreifbare, habe dir etwas zu sagen. Ich sage dir das in einem verstehbaren Wort. Dieses Wort wurde Gestalt, sagen wir in Bethlehem, im damaligen jüdischen Land. Das Wort wurde Mensch, so wie wir Menschen sind, damit wir es verstehen. Er sagte, ich will euch einen Begriff aus der Mathematik als Beispiel zum Verstehen setzen, den Begriff Hauptnenner. Der Hauptnenner der Weihnachtsrechenaufgabe heißt: Die Geburt des Jesus ist der Einbruch der Ewigkeit in unsere Zeit und in unseren Lebensraum. Ob das schwer zu schnallen sei, fragte er. Und wenn wir, sagte er, unsere inneren Augen – ich weiß, er sagte Glaubensaugen – auf Gott richten und so, brauchen wir vor nichts zu fliehen. Weg, Wahrheit und Leben wären dann durch das Wort gewiesen. Und dieses Wort ist existent und lebendig bis heute. Das könne doch wohl niemand bezweifeln.

Ich finde, Herr Valentin, das waren Worte für mich, für mich ganz persönlich. Ich habe viel davon geschnallt. Und das müssen Sie alles aufschreiben, damit andere auch was davon haben. Sie haben es mir doch zugesagt, oder?“

Studienrat Valentin machte beschwichtigende Handbewegungen, um anzudeuten, ja, ja, er werde es aufschreiben.

Werner fuhr fort: „Der Pastor stellte uns nun eine Frage, die Frage nämlich, ob wir und wie wir auf solche Botschaft reagieren könnten. Er meinte, es gehöre sich einfach nicht, sie nur zu hören und bestenfalls mit himmelergötzlichen Worten belehrend zu deklamieren. Die Botschaft müsse zur Tat werden, sagte er, und dürfe auf keinen Fall im Mund stecken bleiben und anmutig erklingen. Das Wort der Botschaft zwinge zum Tun, unabdingbar, und wenn Wort und Tat, Reden und Handeln nicht deckungsgleich werden, mache man sich selber zum Lügner. Die ganze Welt kranke doch daran, sagte er, dass überall schöne Worte gemacht werden, geredet und geredet wird, doch die Taten bleiben aus. Das Echo aus dem Inneren versuppt dann wirkungslos. Und das wäre doch sehr schlimm, sagte er und fragte, wie das bei uns aussähe.

Wir, die wir dastanden, waren ja bumsstill. Aber nun, auf solche Frage hin, waren wir noch bumsstiller, als wenn jeder in sich hineinkröche. Mich jedenfalls traf es in der Seelenmitte. Müssen Sie aufschreiben, Seelenmitte. Ich fand mich zentral getroffen. Auf Gottes Botschaft reagieren? Was heißt das, fragte ich mich. Doch als hätte der Pastor meine Frage gehört, sagte er: Lasst die Wurzel eures Handelns Liebe sein. Liebe berechnet nicht, Liebe bringt Verständnis auf. Es ist eine uralte Weisheit, die schon der Grieche Empedokles lehrte, wenn er sagt: Was Dinge verbindet, ist Liebe, was trennt ist Streit. Und solche Liebe hatte Jesus am eigenen Leib vor aller Öffentlichkeit demonstriert. *Das* ist das ganz große Geschenk Gottes zum Weihnachtsfest, das wir feiern. Einen anderen Grund gibt es nicht. Nun aber noch eins, sagte er. Wollen wir uns doch mal überlegen, auf welche Weise wir in das Dunkel unserer Zeit ein bisschen Licht bringen können. Eine Aktion, die uns, wie dem anderen, dient. Wir werden erkennen, wie Weihnachten zu einem wirklichen Fest werden kann. Denn, weil Gott in tiefster Nacht erschienen, kann unsere Nacht nicht traurig sein.

O Mann, Herr Valentin, das war wieder so ein Wort, das ich gut behalten konnte. Übrigens, ich fand mich in dem Haufen gut zurecht, weil ich mich verstanden fühlte. Und während meine Gedanken ein bisschen spazieren gingen, was macht der Pastor? Der dreht sich um und greift hinter sich und grapscht einen Karton mit Kerzen drin. Der Karton ging dann im Kreis herum, jeder nahm eine Kerze heraus und, wenn Bedarf war, Streichhölzer. Der Karton ging dann zum Pastor zurück. Und dann sollte jeder einen Zettel ziehen, auf dem Adressen von Leuten standen, die heute Nachtdienst hatten und nicht bei ihren Familien sein konnten. Die sollten wir besuchen. Ich zog die Adresse der Apotheke Lindenstraße. Andere hatten andere, zum Beispiel Kliniken, die Bahn, das Wasserwerk, und einer hatte den Nachtwächter vom Holzwerk oben an der Siedlung. Kathi hatte die Polizei zu beglücken. Der Pastor empfahl, wir sollten möglichst zu zweit gehen. Das war natürlich topprichtig. Kathi fragte mich, ob ich bei ihr mitmischen wollte, alleine hätte sie Angst. Wir gingen dann los. Vorher aber habe ich mich noch an den Pastor rangemacht. Etwas drängelte in mir, ich musste ihm was sagen. Ich sagte, diese Stunde wäre für mich ein Erlebnis gewesen, eine Sternstunde. Fragt er: Hast du was begriffen? Sage ich: Nein, nicht begriffen, sondern es hat mich ergriffen. Da hat er mich angeguckt, hat still vor sich hingenickt und gesagt: Das ist gut, das hast du gut gesagt.

Kathi und ich, wir gingen erst zur Polizei. Sie sagte, wir nehmen erst das Schwere. Ich habe am Revierposten geklingelt. Sie wissen ja, wo das ist. Einer machte ein Schiebefenster auf. Ich sagte, heute wäre doch Weihnachten und wir wollten ihm eine Kerze bringen. Da zog der Herr Polizist die Schultern hoch wie einer, der nicht weiß, wie er sich verhalten soll, ließ uns aber rein. Wollt ihr was vorsingen, fragt er und grinst. Nee-hee, sagte Kathi, wir wollen Ihnen ein Licht aufstecken und damit sagen, dass wir Sie bei Ihrem Nachtdienst nicht alleinlassen wollen. So ein Licht sei ein Symbol der Freude und was sie sonst sagte. Ich fragte ihn, ob wir uns ein bisschen zu ihm setzen dürfen, ihm Gesellschaft leisten. Sagt er: In der Dienstordnung steht ja nischt davon drin, dass am Heiligabend allen Unbefugten der Zutritt verboten sei. Steht nicht drin. Sagte ich: Na gut, und wir wären ausserdem nicht unbefugt, wir hätten ganz im Gegenteil einen Auftrag. Und dann habe ich ihm eine Predigt gehalten, die ich aber nicht wiederholen kann. Kathi habe hinterher gesagt, sie hätte das nicht so hingekriegt. Das hat mich ganz schön mutig gemacht. Der Polizist hat sich übrigens echt bedankt. Hat gesagt: „Dat fehlt unserm Staat, dat fehlt der ganzen Welt, und macht weiter so. Dat ist mein schönstet Weihnachtsgeschenk. Genau so habe er gesagt. Ohne Übertreibung. Das müssen Sie aufschreiben!

Wir gingen dann zur Apotheke, waren da aber nur kurz. Die Kerze kriegten wir wegen des Regens draußen nicht angezündet, und reinlassen durften sie uns ja nicht, wegen der Sicherheit. Nachtdienst zu Weihnachten, ein langweiliger Job, nicht?

Aber, Herr Valentin, nun wollen Sie sicher wissen, wie ich zu Hause empfangen wurde. Papa kam, als er mich ins Haus kommen hörte. Er sagte nur: Na? Bist wieder da? Warst zusammen mit deinen Leuten, nicht? Ich sagte ja und ich erkläre morgen alles. Mama guckte zwar ein bisschen schräg und sagte, Oma Marta hat es schon richtig mit der Angst gekriegt. Papa hat sie dann ins Zimmer zurückgeschoben. Es war immerhin lange nach Mitternacht geworden. Ich verzog mich dann auf meine Bude und stieg ins Bett. Konnte aber nicht einpennen. Dazu war ich zu aufgedreht. Können Sie das verstehen?"

Herr Valentin nickte, ja, ja, er könne das verstehen.

„Aber wissen Sie", fuhr Werner fort, „kaum dass ich lag, kratzte es an meiner Tür und Adele kam reingeschlichen, im Nachthemd, wie sie seit langem nicht tat vor mir, versteht sich. Setzt sich bei mir auf die Bettkante und sieht mich an. Sagt nichts. Nichts. Gar nichts. Schließlich aber grinst sie doch. Konnte ich deutlich sehen, die Straßenlampen scheinen ja in mein Zimmer. Sie grinst und sagt ganz leise: Erzähl!

Tja, da habe ich dann kurz, nur in Andeutungen berichtet, wie sich so manches bei mir geklärt habe, und das mit dem Mann auf dem Klappstuhl und das in der Kirche und bei der Polizei, eben alles. Kriegt sie doch mit einem Mal nasse Augen und sagt:

Nächstes Mal nimmste mich mit, sonst red ich nich mehr mit dir. Ich war gerührt und sagte: Klar kommste mit, is aber noch lang hin bis da. Erstmal so lange leben. Und wissen Sie, was sie da macht? Die liebe Schwester? Sie nimmt meinen Schädel in ihre süßen Katzenpfötchen, beugt sich über mich und drückt mir einen fetten Kuss mitten ins Gesicht. Ich habe mich zwar nicht ernsthaft gewehrt, fragte aber doch gespielt böse, wat dat soll. Da grient sie verschmitzt und flüstert: Halt's Maul, heut is Weihnachten. Nich schimpfen!

So, das war's, Herr Valentin."

Als müsse er sich erst begreifen, legte er sich in den Sessel zurück und atmete tief durch. Dann sagte er:

„Ich bin fertig. Jetzt liegt alles bei Ihnen. Nicht wahr, Sie werden das aufschreiben? Sie sind doch unser geheimer Schriftsteller. Nicht für mich, sondern für die vielen anderen, die es außer mir gibt. Die Botschaft, wissen Sie? Das Angebot, Liebe als Wurzel des Handelns und alles, ja? Nur – das mit dem Kuss zuletzt, das können Sie weglassen, das interessiert ja doch keinen."

Ja, da hatte nun der gute Gymnasiallehrer Valentin die noch ungeschriebene Weihnachtsgeschichte vor sich. Sollte man so etwas wirklich aufschreiben?

Geigensaiten

Es gibt im Leben eines Menschen Ereignisse, die sich um ihrer Eigenart willen hartnäckig im Gedächtnis lebendig halten, mögen sie zu den guten oder zu den bösen ihrer Art zählen. In jenem Ereignis jedenfalls, über das ich berichten möchte, weht so etwas wie schmunzelnder Ernst, leichthin erlebt und doch voll würziger Kraft im Überdenken. Das wird mir stets von neuem bewusst, wenn ich diese Geschichte erzähle, die Begegnung mit einem, sagen wir getrost außergewöhnlichen Mann, einem Herrn namens Franz Töpfer.

Ich hatte mir seit Jahren als unabdingbare Aufgabe gesetzt, in den vorweihnachtlichen Tagen die einsamen, allein gelassenen Leute meiner Gemeinde aufzusuchen. Die Adventszeit lädt besonders dazu ein. Ein Herr Töpfer gehörte in diesem Jahr erstmalig zu ihnen, und ich nahm mir vor, ihm ein halbes Stündchen zu widmen.

Der Weg zu ihm führte mich durch dezembrig-klatschnasse Straßen, vorbei an einer Reihe vielgeschossiger Mietshäuser, in deren einem er wohnte.

Im Dämmerlicht des sich neigenden Tages fand ich das Haus, schob die schwere Tür auf und schüttelte mich auf dem Flur erst einmal zurecht. Der Flur war zugig und kalt, war die Durchfahrt zum Hinterhof, auf dem sich eine Schlosserei befand. Öde gähnte er mich an. Eine verstaubte Deckenleuchte warf ihren spärlichen Schein auf den Steinboden und zog zitternde Kreise über die Wand mit ihren verblichenen und zerkratzten Malereien, zerkratzt vom Schlossereiwagen, wenn er sich beim Durchfahren an ihnen schupperte.

Empor ging es dann über ausgetretenen Linoleumbelag. Wenn ich das Geländerholz durch die Hand laufen ließ, wackelten und klapperten die Traljen. Alt, dachte ich, knochenklockernd, ausgedient, wie ein verbrauchter Mensch.

Töpfer wohne in der zweiten Etage, hatte man mir gesagt. Ich kannte ihn nicht und er mich sicher auch nicht. Irgendwann begegnen sich Menschen ja immer zum ersten Mal. Über einer messingnen Klingelwippe klebte ein hübsch graviertes Schild, das seinen Namen trug, darunter angepinnt und flüchtig auf Pappe gepinselt: Matzke (2 × klingeln).

Ich fuhr mir über das nasse Gesicht, kämmte mich rasch ein wenig nach und hob dann den Klingelgriff. Es läutete. Drinnen schwamm dünne Klaviermusik. Wie mir schien, versuchte sich jemand an einer wohl schwierigen Komposition, mal ein paar Akkorde, sich wiederholend, dann eine Passage, dann wieder Pausen. Anscheinend hatte man drinnen mein Läuten nicht gehört, darum klingelte ich nochmal, länger, sozusagen mit Nachdruck.

Das Akkordschlagen unterblieb, ich vernahm das Bumsen schwerer Schritte, es raschelte, wie wenn sich jemand mit Papier balgt, dann ging eine Tür, und eine heisere, fast mürrische Stimme rief: „Augenblick ja!“ und nach einer Weile hörte ich das Klimpern eines Schlüsselbundes.

Der die Tür öffnete, machte ein Gesicht, als hätte ihn jemand auf ungehörige Weise vom Himmel auf die Erde zurückgerissen. Kurz angebunden schob er sich mir entgegen, Kopf und Kinn wie eine Flugente schnabelhoch, und zwei flinke Augen suchten durch eine schmale Goldrandbrille in meinem Gesicht.

„Hä? Haben Sie geklingelt? Gibt's was?" Unter einem ausgelebten Schnurrbärtchen zitterte die Lippe.

Auf solch unerwartete Gesprächseröffnung wagte ich nur, einen sehr artigen Guten Tag zu wünschen.

„Tag, Tag!", flog es mir entgegen. „Gibt's was?" Mit unverhohlenem Mißbehagen studierte er mich.

„Ich wollte zu Ihnen, wenn's recht ist."

„Ja, jaja, jajaja, ist schon recht, ist schon recht. Aber warum?", sagte er fahrig und blockierte die Schwelle.

Ich wippte auf meinen Sohlen und mimte eine gebührende Verneigung, wie es sich vor älteren Leuten eigentlich immer gehört.

„Ich möchte Sie besuchen, Herr ..."

„Besuchen? Mich? Wieso." Er richtete sich zu imponierender Größe auf, klappte die Arme auseinander und gab den Weg frei:

„Komm' Se rein, komm' Se rein!"

Ich wollte dieser nicht sehr freundlich klingenden Einladung folgen, als er unvermutet zurückschwenkte und mich fast umstieß: „Besuchen? Schön, nett. Aber wieso?"

Zu einer Antwort reichte es nicht, denn schon befahl er:

„Legen Sie ab, legen Sie ab. Da, der Haken." Er fixierte mich, von oben nach unten, von unten nach oben, wies dann auf die Stubentür und wedelte mit der Hand:

„Komm' Se rein, junger Mann! Hier! Wer sind Sie? Ich geh mal vor."

Ich sagte in seinen Rücken hinein: „Ich möchte Ihnen einfach ..."

Schon piekte sein Finger nach unten: „Fall'n Se nicht! Der Teppich is ull, hä! Verbraucht. Alt. Wie wir. Hä! Macht nischt. Da! Der Stuhl. Setzen Se sich!“

Alle Wetter, dachte ich, welch temperamentvoller Mensch. In dem steckt noch Mumm. Doch jetzt war es an der Zeit, das Wort in die Hand zu nehmen, wenn man so sagen darf. Also sprach ich:

„Herr Töpfer, Sie kennen mich sicher, ich bin doch ...“

„Nee“, unterbrach er. „Sind wir uns schon mal begegnet?“

„Aber Herr Töpfer, sicher kennen Sie mich. Ich bin doch der Pastor Ihrer Gemeinde.“ Und ich nannte meinen Namen. „Anlässlich der Weihnachts ...“

„Pastor? Ja, das ist schön, das freut mich, das ehrt mich. Nu setzen Se sich doch endlich!“ Seine Hand gab der Aufforderung Nachdruck.

„Sogleich, Herr Töpfer, sogleich. Erstmal möchte ich Ihnen ...“

„Nu nehmen Se mir nicht die Ruhe, Himmelnochmal. Setzen Se sich endlich!“ Er warf mit dem Arm einen allumfassenden Kreis durch die Luft: „Sieht toll aus hier, hä? Ja, wissen Se, ein alter Narr muss sich beschäftigen. Is nett, dass Se mal kommen. Gibt's was Besonderes? Warten Se mal, ein Gläschen Wein!“

Ich holte tief Luft: „Stopp, Herr Töpfer, noch nicht. Erstmal“ – und jetzt schnurrte ich es ab, „erstmal möchte ich Ihnen eine gesegnete Adventszeit und kommendes Weihnachtsfest ...“

„Se machen Witze, Pastorchen, Se machen Witze. Is es schon wieder so weit? Schrecklich, wie die Zeit vergeht.

Und wir mit. Hä! Da merkt man erst, wie alt und verkalkt man ist. Hä!"

Sein Hä knallte wie ein Pistolenschuss und mir schien, als klirrten die Gläser im Schrank. „Aber", hängte er sogleich dran, „sagen Se nichts dagegen und bleiben Se sitzen. Es is gut, dass Se mal hier sind."

Einen Augenblick spielte er an seinem Bärtchen Zupfgeige, überlegte sich anscheinend, was zu tun sei und ging zur Vitrine, an der er hantierte. Es gluckste, er füllte zwei Gläser und kehrte zu mir zurück. Als er mir zureichte, fielen mir seine überaus zarten und schmalen Hände auf. Schalkhaft wie ein heimlicher Gauner zwinkerte er mir zu:

„Hä, Pastorchen, feiern wir eben heute Advent, mit Erlauer Burgunder. Kennen Se den? Wein erfreut des Menschen Herz. Steht auch in Ihrer Bibel. Zum Wohl!"

Jetzt endlich wollte ich doch auch mal ein Wörtchen anbringen, weswegen ich doch zu ihm gekommen war, als er mit spitzen Fingern an meinem Jackenknopf zupfte:

„Wie sagt doch der weise Säulenheilige in luftiger Höhe? Abstinenz ist gut, aber, Kinder, holt mich runter." Darauf stieß er mit mir an.

In diesem Moment sirrte die Klingel, viermal kurz, einmal lang, ein offensichtlich vereinbartes Zeichen, denn Töpfer machte eine seinen Missmut verratende Bewegung, schlurfte unverzüglich zum Korridor und ließ mich allein. Ich nahm die Gelegenheit wahr, mich umzuschauen. Möbel, im Stil kurz nach der Jahrhundertwende, schwarz, massig, vom langen Gebrauch vielfach zerkratzt und fleckig. Zwischen den Fenstern das Klavier, daneben Notenständer, Vitrine mit gedrechselten Bändern, Schaukelstuhl mit verbeult eingesessenem Plüschkissen, an der Wand gelungenes Ölbild, Korbweiden am Bach. Naja, und Staub überall. Der abgetretene Teppich mochte aus Urväter Zeiten stammen. Nebenan tickte eine Standuhr. Schränkchen unterschiedlicher Höhe gab es und kunstlose Regale, vollgestopft mit Papier, Mappen, Alben, Einzelblättern, Fetzen. So sieht es also aus, das Zimmer eines alten Einsiedlers, der sich mit seinem Krimskrams umgibt, unzertrennlich, bis zur letzten Wegscheide. Wie oft hatte ich das schon gesehen.

Durch das Glas des Bücherschranks warf ich einen Blick auf seine Bibliothek und überschlug interessiert deren Titel. Dieser Mann musste sehr belesen sein. Ich fand neben einer Reihe guter älterer Schriftsteller auch solche jüngeren Datums, darunter musikgeschichtliche Werke und Lexika, auch den Briefwechsel Robert Schumanns und den Richard Wagners. Und, was sah ich da? Die vielumstrittene Mozartbiographie von Nissen, dem zweiten Mann Constanzes. Toll, womit dieser Mann sich befasst. Jedenfalls standen da keine Bücher niederen Genres oder halbseidene Romane.

Während ich mich so umblickte, hörte ich die tiefe Feldwebelstimme einer Frau, die energische Reden führte. Sicher hatten die beiden ihre Problemchen. Mich aber interessierte anderes. Hätte doch zu gern erfahren, was die Unmengen Papiere, bekleckst mit Tintennoten und zerstreut über Tisch und Fußboden bedeuten wollten. Handgeschriebene Noten? Ich warf einen Blick auf das Geschmiere, Striche, Streichungen, vollgekritzelte Notenlinien. Nein, nein, schnüffeln wollte ich nicht, hätte ohnehin weder Anfang noch Ende gefunden. Hingegen sah ich mit Missfallen die kleinen Radierwürstchen auf dem Notenbrett und, noch schlimmer, auf den Tasten. Das wusste ich: Setzen diese sich in die Mechanik, ist es um die holde Kunst geschehen. Darum wedelte ich den ganzen krümeligen Salat mit meinem Taschentuch auf die Erde. Ein Klavier hat sauber zu bleiben.

Draußen schlug die Tür. Gelassen, mit dem Gesicht eines Schafs blickte ich Töpfer an, als er zurückkehrte, und ich fragte:

„Nun? War's wichtig?"

„Hä, wichtig. Gar nichts ist wichtig. Die Matzke war's, meine Haushälterin. Hatte ihren Schlüssel vergessen. Gab mir gute Ratschläge, ich soll fein brav früh ins Bett gehen. Quatsch, alles Quatsch, Pastorchen."

Dann baute er sich vor mir auf. „Hier!" Und zeigte mit Handwurf auf das, was da am Boden lag. „Dies hier ist meine Arbeit für heute. Mit so was bringt ein alter Narr seine Tage um." Er rückte mir ein x-beliebiges Blatt vor die Nase, sang eine Reihe rhythmisch verwirrender Tamterams, wobei er mit Kopf und Schulter wüst dirigierte, dann mit dem Handrücken auf das Papier schlug und mich ansah. Na?

„Sie komponieren?"

„Komponieren? Ach was. Nicht so hohe Worte. Ich schreibe ein paar Noten. Vielleicht bringt sie jemand mal, irgendwie, irgendwo."

„Und? Was wird das Ganze? Ich meine, komponieren Sie Walzer oder – oder eine Oper – oder . . .?"

Töpfer blickte mich über die Ränder seiner Brille an:

„Junger Mann, ich habe mein Leben lang Walzer und Märsche gespielt. Die gibt's genug, die brauche ich nicht zu schreiben. Jetzt, weil ich auf diesem Erdball wohl nicht mehr lange tanzen werde, versuche ich mich an einer Kantate."

„Also Kirchenmusik. Das interessiert mich."

„Nääą!" Er wiegte sein Haupt. „Nicht Kirchenmusik. Eine Winterkantate mit bekannten Texten, mit Chor, Kinderchor und Volksmusikinstrumenten, zum Musizieren, bei weihnachtlichen Festen."

„Und die Texte? Selbstgemachte, oder?"

„Vom Himmel hoch, ein Kinderlied auf die Weihnacht. Kennen Se doch."

„Natürlich. Martin Luther. Also doch Kirchenmusik."

„Nää und nochmals nää! Nicht Kirchenmusik."

„Aber der Text steht doch seit Jahrhunderten im Kirchengesangbuch", betonte ich entschieden.

„Hä! Meinen Se, der liebe Gott gehöre nur in die Kirche?"

Diese Bemerkung fand ich allerdings klassisch und sagte das auch.

„Aach, Ihr Pastoren", winkte er mit der Hand ab, „ich kenne euch. Ihr würdet schon bei der Auswahl der Instrumente meine Arbeit in den Hades schmeißen. Handharmonika, Saxophon, Es-Klarinette, Kinderrassel. Na?"

„Immerhin", wagte ich vorsichtig einzuwenden, „immerhin gibt es aufgrund gewisser Normen Grenzen, ich will nicht sagen Anständigkeiten in der Kirchenmusik, allein schon vom Instrumentarium her . . ."

„Sehen Sie, sehen Sie!" fiel er mir ins Wort. „Da ist es wieder. Normen, Normen! Mein jahrzehntelanger Kampf gilt diesen unanständigen Normen. Und dieser noch unanständigeren Meinung der Pastoren. Entschuldigen Sie mir das, wenn ich derart in Ihre Berufsehre latsche, aber als alter Mann kann ich mir das zu sagen erlauben. Die Pastoren nämlich, je weniger sie von Musik verstehen, desto mehr quackeln sie dazwischen. Und setzen Normen. Dass ich nicht lache! Ich bin zwar nur ein simpler Tanzmusiker gewesen, habe aber bei Wilhelm dem Kaiser meine Märsche dirigiert, habe meine Chörchen gehabt, damals, den Lehrergesangverein, den Bäckerchor, die Liedertafel mit den Saufbrüdern, die Bergmannskapelle, und sonntags? Da sangen wir in der Kirche. Ich kenne Kirchenmusik aus dem Eff-Eff, ich weiß, was taugt und was nichts taugt. Das setzt die Norm. So, nun wissen Sie's. Bin ein oller Narr, was?"

Narr? Nee, dachte ich. Aber Original.

Töpfer schien indes seine Belehrungen fortsetzen zu wollen, er war ja so schön in Fahrt. Ich ließ ihn gewähren. Alte Leute soll man erzählen lassen.

„Mit dem Kirchenchor, später als Kantor, da habe ich Bachkantate gemacht. Mit dem städtischen Orchester. Ich erzähle das nur wegen eurer dämlichen Norm, Pastorchen. Diese Norm habe ich wohl ignoriert und es hat einen wüsten Knatsch gegeben. Sagt doch so ein halbsimpler Kirchenförscht in der Öffentlichkeit, der Schwoofmusiker Töpfer hat'ne Bachkantate aufgeführt! Unmöglich so was! Dass man das gestattet hat! – Piepmatz, dachte ich. Muss es denn in eurer lieben Kirche Eifersuchtsszenen geben? Stehgeiger, haben sie mir in einer Zeitung nachgeschrien. Von da ab habe ich meine Konsequenzen gezogen. Schluss, aus."

„Und jetzt haben Sie eine Stinkwut auf alles, was Pastor heißt, und Wut auf den, der urteilt und nichts versteht."

„Verstehen Sie was von Musik?"

„Ich wage nun nicht mehr, einfach ja zu sagen."

„Und sehen Sie, deswegen schreibe ich meine Musik auch nicht für die Kirche. Ist ja nicht der Stil, der genehmigt wird. Ich bin darüber nicht etwa beleidigt – bei Gott, nein. Das habe ich längst überwunden. Aber eine Kirchentragik ist das. Eine Kirchentragik, die der liebe Gott nicht gewollt hat, als er die Musik in seinen Schöpfungsplan einprogrammiert hat."

Er drückte meinen Arm: „Seien Sie einem alten Mann nicht böse, mein Lieber. Ich habe die Welt erfahren. Sie hat mich gelehrt, den Menschen und seine Worte nicht mehr so tierisch ernst zu nehmen. Alle haben sie nämlich ihre Macke. Ich auch. Hä!"

„Ich auch?"

„Sie auch. Jeder."

„Prima."

„Hä!" Lachend stieß er gegen meine Brust.

„Nochmal zurück", sagte ich. „Ich habe nichts gegen Mozart oder Haydn in der Kirche. Wirklich nicht."

„Sie vielleicht nicht, Pastorchen. Aber Sie können mir erzählen, was Sie wollen. Für die meisten unter euch steht und fällt Kirchenmusik mit Johann Sebastian. Aaa-ber, haben Sie schon mal Reger gehört? Seine Psalmen? Oder Mendelssohn, den die Nazis verunglimpft haben? Oder die Missa von Ludwig Van? Ich habe sie studiert und bin vor Ehrfurcht in die Knie gegangen. Und wer solche Musik aufführt, der ist ebensoviel wert wie der Pastor. Da steckt der Urgott drin, der Urgott, sage ich Ihnen. Und der redet tiefer und umwerfender als in tausend Ihrer Predigten."

Ich unterdrückte das Nana, das schon auf meinen Lippen tanzte, und verbarg mich hinter einer gedachten Maske. Sollte ich mich mit ihm zanken? Worum ging es denn eigentlich? War ich nicht gekommen, einem alten Mann zur Adventszeit einen freundlichen Besuch zu machen? Und nun dies. Muss ich mir Dinge anhören, die hart an einer Berufsbeleidigung entlangschlieren? Sind wir von der Kirche denn wirklich derartig zugeknöpft? Mit welchem Recht spricht er so. Vielleicht zwickt ihn tatsächlich beleidigter Ehrgeiz eines Dilettanten, der nur sich allein gestattet, sich auf der Ruhmesweide zu tummeln, der um eines kleinen Eies willen groß Geschrei macht. Andererseits – mir imponierte der Alte und seine Art, die große Musik zu verteidigen. Am Ende fragte ich nun doch:

„Was, Herr Töpfer, sind Sie als Komponist nun? Bachianer oder Mozartianer, oder neigen Sie zu Egk und zu Orff?“

„Egk mich am Orff! Epigonentum, mein Lieber, das gibt's zur Genüge. Ich bin Töpfer, ich bin keine Größe, ich habe auch keinen Stil. Aber dass ich mich bewusst an diesen oder jenen heranpirsche, das kann ich bei meiner Ehre nicht behaupten.“

„Darf ich mal etwas von Ihnen hören?“ Ich winkte zum Klavier hin. Er verstand.

Was tut ein Mensch wohl lieber, als das zu zeigen, was er sich von der Seele gerungen hat. Wie eine Mutter ihren Säugling, wie ein Bräutigam seine Braut präsentiert, wenn sie hübsch ist, so zog er aus einem Stapel ungeordneter Blätter eine Mappe hervor.

„Hier, die Partitur, erster Teil der Reinschrift.“

Ich warf einen Blick hinein: „Eine große Arbeit“, sagte ich mit gebührendem Augenaufschlag. „Und, das klingt?“

Er zog seine Brille auf die Nase, blickte mich mit gesenktem Kopf über die Ränder an in einer Art, als hätte ich ihn getreten. „Klingt? Was ist Klang! Was klingt! Alles klingt. Auch der Toppdeckel, wenn er auf die Erde knallt. Aber – passen Sie auf, ich zeige Ihnen was."

Er drückte mich in den Sessel zurück, hob den Finger in einer Art, die mich zum Zuhören zwang, trat ans Klavier und begann.

Ein gewaltiger Plauz, große, weitgreifende Akkorde, ein paar Läufe tastauf, tastab, singen, tamtamteram – Zwischenrufe: Hier nur Streicher, hier Paukenwirbel, hier Klarinettentriller, Achtung, Choreinsatz: Vom Himmel hoch, da komm ich her ... tamtamteram ..."

Faszinierend der Alte! Ich, auf solch seltsame Weise teilhaftig der Geburtswehen eines Musikstücks, dessen Tintenklecksereien kaum getrocknet waren. Meine innersten Empfindungen – alles konfus, total überladen, was soll das Ganze – ich durfte sie anstandshalber nicht offenbaren, belog mich und ihn und sagte nur:

„Donnerwetter, da ist aber was drin!"

Was mich dagegen begeisternd aus dem Sessel hob, war nicht etwa seine Musik, sondern seine umwerfende Art, mit der er sie brachte. Es war s e i n Musizieren. Wie er in das Instrument förmlich hineinkroch, wie er mit ausladenden Armen Mühlenflügel spielte, wie die Hände über die Tasten flogen und er sich in wenn auch falsch gegriffenen Skalen selbst Begeisterung zustampfte, wie er zischte, schnuffte und trommelte, es war einfach unbeschreiblich. Dieser Mann war eben ganz Musik, mit Haut und Haaren. Besser, mit Leib, Seele und Geist.

Als er sich mir wieder zuwandte, strich er sich die Haare

aus der Stirn und durchbohrte mich mit einem aus tiefsten Tiefen auftauchenden Blick. Ich fühlte mich genötigt, etwas möglichst Sinnvolles zu sagen. Ich nickte also vier-, fünfmal sehr bedächtig und mochte wohl eine Mischung Beethovenschen Antlitzes und orientalischer Abgeklärtheit dargestellt haben, zerknautscht und lebenserfahren:

„Ja – ich, i c h könnte so was nicht schreiben."

War das nicht überaus geistvoll?

Sekunden, die mir eine Ewigkeit schienen, er suchte in meinen Augen herum, dann fiel sein Gesicht in sich zusammen, er wandte sich ab, schlug die Mappe zu und legte sie stumm wie ein Fisch dahin, wo er sie hergenommen hatte.

Hatte ich ihn verletzt? Das täte mir wirklich Leid. Um geahntes Unrecht wieder gutzumachen, bat ich ihn, mir doch mehr über seine Kompositionen und über sich selber etwas zu erzählen, obwohl ich meinte, ihm sei nun Genüge getan und ich sollte mich meinem eigentlichen Anliegen widmen. Dass aber daraus nichts wurde, daran war meine erste naive Frage schuld. Und die warf mich aufs Glatteis. Sie lautete:

„Was, Herr Töpfer, hat Sie eigentlich zur Musik geführt? Man kann doch nicht einfach sagen, ich will Musik machen. Oder?"

„Oh", sagte er und hob die Hände, „das ist eine lange Geschichte. Sie haben Geduld für einen alten Mann? Ich will sie Ihnen erzählen, was ich sonst nicht tue. Wer versteht mich schon."

Um das zu tun, traf er seine Vorkehrungen. Er ging zum Vertiko, nahm ein Zigarrenkästchen und bot mir daraus an. Ich nickte. Es galt, eine Zigarrenlänge zuzuhören.

Warum begann er nicht? Er starrte zunächst auf das blaue Rauchfähnchen, das, von Nasenluft durchblasen, in wehenden Faltertändeleien zerriss. Dann wiederholte er mit leiser Stimme, dass das eine lange Geschichte sei, er sie aber erzählen wolle. Ich blickte ihn an, sog an der Zigarre und gab zu erkennen, dass ich bereit sei.

„Dreiundachtzig Jahre sind schnell durchlebt, wenn man sie geschafft hat", sagte er. „Und weil der Schienenstrang, der zwar immer noch ein bisschen nach vorn führt, bald gegen den Puffer läuft, den uns der liebe Gott setzt, hat der Mensch nicht mehr viel zu erwarten. Und so, von der Höhe herab, schnurpst all das zusammen, was gewesen war, so wie man einen Schwamm zusammendrücken kann. Zeit ist dann keine Zeit mehr. Die Kindheit steht, als läge nur eine Nacht zwischen ihr und heute, und alles, alles sieht unser Auge wieder. Die Nase riecht die Erdbeeren und Gartenblumen noch genau so, wie sie rochen, als ich sie aus Nachbars Garten gemopst habe. Und Töne und Klänge? – Ich höre sie jetzt noch so, wie sie damals gegen mein Trommelfell schwirrten. Ich kann heute mein ganzes Leben voll überschauen. Glauben Sie mir das, Pastorchen?"

Ich nickte nur und fuhr mit der Hand übers Kinn.

„Und in diesem meinem Leben gab es eigentlich nur eine Linie, eine einzige, ununterbrochene Linie: Die Musik. Alles andere war Rankwerk."

Er machte eine Pause. Ich beobachtete, wie er mit Behagen an seiner Zigarre sog und dem Rauchballen nachsah, der langsam zum Fenster hinwanderte. Kurz begegneten sich unsere Blicke.

„Sie sehen auf meine Hände? Ja, mein Lieber, die sind

nicht an harte Arbeit gewöhnt, und haben doch viel, viel getan. Mein Vater war Schneider. Schneidermeister. Und auch ich sollte Schneider werden. Ich bin's auch geworden, aber nur als Rankwerk. Mein Sinn stand mir nach anderem. Das saß zwar auch zwischen den Fingerspitzen, doch tiefer als beim Schneidern. Hier", er tippte gegen seine Jacke, „hier, im Herzen."

Ich verstand.

„Vater war kein schlechter Schneider gewesen. Die Leute, die zu ihm kamen, hatten Renommee. Von Zeit zu Zeit, wenn's hatte sein müssen, verstand er zu dienern und zu hofieren – und setzte dementsprechend seine Preise, mit Anstand und Selbstbewusstsein. Dem Spießer aber ließ er fürs Anprobieren gern eine Nadel im Hosenboden stecken, um in solch fühlbarer Weise auf kleinkarierte Ansprüche Antwort zu geben. Dem Otto aber von der Straße und dem Paul vom dritten Hinterhof und den andern armen Schluckern, wenn die mal eine Jacke zum Wenden brachten, denen steckte er einen Zettel in die Tasche, will sagen: Rechnung über hunderttausend, heute zahlen oder aber gar nicht.

Tja, das war Vater. Er hat mir mal gesagt, nimm nie was von dem, der nischt hat, denn wirste reich. Dat Schönste im Leben is immer die Freude an der Freude.

Aber so großzügig, wie Vater auch war, pinneschietrig war er mir gegenüber, das war nicht auszustehen, und das nannte er väterliche Erziehung. Ganz gleich, ob ich was ausgefressen hatte oder nicht, ich wurde bestraft. Und die Strafe hieß: Knöppe annähen, Knöppe annähen. Mit Stiel, immer mit Stiel, so achtzehn bis zwanzigmal umwickelt. Und wenn ich fertig war, sagte er: trenn auf, Franz, du hast den Bogen noch nich raus. Später erst merkte ich, dass er mich nur nutzbringend beschäftigen wollte, damit ich nicht auf der Straße rumluschte. Er war doch ein guter Vater.

Die Schneider, Pastorchen, die waren ja von je her ganz besondere Leute. Nicht ohne Grund bespöttelte man sie in tausend Liedern. Schauen Sie: Auf den Dörfern waren es die Schneider, die die Hilfslehrer stellten. In den Städten holte man die Schneider als Schöffen zu Gerichtsverfahren, und nicht selten fand man unter ihnen sehr gewitzte Leute. Vater hatte so was Besonderes. Er machte Tanzmusik. Sie merken, ich bin beim Thema."

Ich nickte vergnügt, sah zwar verstohlen auf die Uhr, sagte aber nichts.

„Wie oft hatte Vater bis in die frühen Morgenstunden hinein gearbeitet. Wie oft hatte er rote Augen vor Übernächtigung, weil er übernommene Aufträge termingerecht erledigen wollte. Nur – an zwei Stunden in der Woche hielt er unerbittlich fest. Die gehörten ihm, die ließ er sich nicht nehmen, konnte kommen und reden, wer da wollte. Die eine Stunde war der Sonntagskirchgang. Ich kenne Vater sonntags nicht anders als im schwarzen Schniepel, darüber den Paletot, in der Hand das Gesangbuch. Dann ging Vater an den Läden vorbei, ganz Würde, ganz Ehrenmann, den man zuvorkommend zu grüßen hatte. Mein Gott, ich sehe ihn noch heute so gehen."

Töpfer baute eine große blaue Wolke vor sich auf und blies durch sie hindurch.

„Das war die eine Stunde. Die andere der Samstagabend im Vereinshaus, wo die Cliquen zusammenkamen, die Vereine und Innungen, und ihre Mätzchen machten, Eisbeinessen, Knobelabende, wo sie Mastgänse versteigerten oder Bälle veranstalteten. Sonnabends im Vereinshaus, da war was los. Der Leo Blumstein und seine Rebekka, die verstanden es, das Leben anzuheizen. Der Leo hatte eine billige Kapelle engagiert, lauter Dilettanten, aber Könner und echte Musikanten. Und Vater gehörte dazu. Kontrabass, wissen Sie? Schrumm-schrumm. Hä! Und was ich war, damals ein fixer Dreibastiger von neun oder zehn Jahren, ich habe mich dann von zu Hause weggestohlen, bin in den Saal geschlichen und habe durch die Jalousien gekiekt. Weiß nicht, wie oft. Meist kam ich, wenn die Quadrille drankam. Das hat mir mächtig Spaß gemacht. Weiß der liebe Deubel, eines Tages piepste ich die Quadrille frisch, fromm, fröhlich, frech vor mich hin, als Vater mich am Schlafittchen kriegte: Wat piepste da, wo haste dat her! Er war so begeistert über meine angebliche Musikalität, dass er mir ein Geigchen in die Hand drückte und sagte: ‚Da, Jung, belern dich. Du übst dat, wat ick dir zeig. Und ick zeig dir dat, wie man dat macht.' Und seitdem jagte er mich eher an die Geige als an die Knoppnäherei. Hä!

Ich fand mich auf der Geige bald zurecht, erste Lage, versteht sich. Nur Noten lernen, das mochte ich nicht. Lieber gniedelte ich mir zur eigenen Freude auf dem Instrument herum, und immer sprang das Gehör einen Fatz voraus, und danach funktionierten die Finger. Bis Vater mich eines Tages mit Notenlernen bestrafte."

„Bestrafte?", fragte ich.

„Genau. Das war nämlich so. Der Kontrabass, in meinen Augen ein riesiges, nicht zu bewältigendes Etwas mit fünf Saiten, stand, soviel ich weiß, im Vereinshaus hinter dem Bühnenvorhang. Wo wohl hätte er bei uns stehen sollen. Aber einmal schlug das Schicksal zu. Leo Blumsteins Vereinshaus musste renoviert werden. Also brachte Vater das große Ding nach Hause. In einem eigens dafür gezimmerten Riesenkasten. Können Sie sich so ein Monstrum vorstellen?"

Ich lächelte.

„Einige Tage stand das Ding im Schlafzimmer, zum Ärger der Mama. Nach einer deftigen Familienszene wanderte es in die Küche. Da war dem Instrument der Dunst nicht gut gesonnen, der kroch nämlich ins Gehäuse. Beim Roterübenkochen knallte eine Saite. Mutter ging in die Knie, als hätte eine Pistolenkugel sie ins Herz getroffen. Hä! Der Kasten bekam seinen ersten Tritt, wurde in den Werkraum bugsiert, wo er zwischen den Klamotten den Platz stahl, und wanderte schließlich ins Treppenhaus. Allerdings nur der Kasten, das Instrument lagerte unter Mutters Bett, warm und trocken. Und da schlief es auch brav und bieder bis zu jenem Tag, an dem Vater mir die Notenstrafe verordnete. Mutter, müde wie immer, hatte sich nachmittags ins Bett gepackt. Ich hatte dagegen nichts anderes im Kopf, als mich an den Brummbass heranzupirschen, und weil Vater im Werkraum stichelte und Mutter wie eine Lokomotive ihren Mittagsschlaf durchsägte, versuchte ich mich auf dem Instrument, liegend unter dem stelzbeinigen Bettgestell. Es ließ sich so herrlich mit dem kurzen Bogen über die dicken gelben Saiten schrapen, knarren, schrubben – infernalisch. Was der Mama nun gar nicht gefallen wollte. Die flatterte aus tiefsten Schlafgründen ans Licht, schrie, wusste nicht, was war, schrie und konnte nur noch schreien, was mich animierte nur noch lustvoller auf meiner Bassgeige zu musizieren. Mit eins schlug die Tür auf, Vater kam, er begriff. Mein Bogen zitterte noch ein paar verlöschende Tönchen, dann fühlte ich eine Hand an meinem Bein und fand mich hervorgezogen, wie man bei einer kalbenden Ziege das Kitzchen aus dem Loche zieht. Und ohne mich auf meine Kunstfertigkeiten hin anzusprechen, musizierte er mit der harthölzernen Elle auf meinem saitenstrammgezogenen Hosenboden eine Melodie durch, wie die einer Strauß'schen Polka. Sagen wir, er hat mich nach Noten verdroschen. Heute weiß ich, diese Tracht Prügel bildete meine künftige Berufsgrundlage. Seine Strafe nämlich war: Nur noch nach Noten zu spielen, Etüden, Arpeggien, Skalen, hoch und runter. Und ein Halbzigeuner wurde mir zum Lehrmeister gesetzt. Soll ich Ihnen mal erzählen, wie ich mit ihm bekannt wurde? Gehört schließlich zum Thema Musikgeschichte, hä!"

Ich hütete mich, ihn zu unterbrechen, ich hätte ihm nur weh getan. Die anderen vorgenommenen Hausbesuche konnte ich schließlich doch auf andere Tage verlegen.

Er nibbelte an seiner Zigarre, rückte sich im Sessel zurecht und begann mit hinterhältigem Schmunzeln:

„Ich kam geradewegs aus der Schule, als Vater mir entgegentrat und sagte: ‚Damit du weißt, in einer halben Stunde erwarte ich deinen Geigenlehrer. Wasch dir die Pfoten und halt dich bereit.' Das hörte sich an, Pastorchen, wie ein Todesurteil. Ich schlich auf den Korridor, den Kerl zu erwarten, denn ich ahnte nichts Gutes. Damals stand der Basskasten noch auf dem Flur in der Treppenkurve. Ich wartete wohl die halbe Stunde und mir kam der Gedanke, Vater hatte mich nur bluffen wollen. Stimmte aber nicht. Ich hörte unten flinke Tritte, sah eine magere Figur die Treppe ansteuern und fand einzige Zuflucht in dem Basskasten, in dem hölzernen Gehäuse. Also schlupps – hinein. Aber Diogenes in seinem Fass hatte sich ganz gewiss nicht so beengt gefühlt wie ich, als der Deckel zuschlug. Ich stand auf einem Bein, den Kopf in die Halswirbel gezogen, einen Arm gegen meine Brust gedrückt, dass ich nicht atmen konnte, und das musste erst mal durchgestanden werden. Fluchtwege enden selten im Paradies, Pastorchen. Und er? Er stand neben mir, neben meinem Sargkasten. Ich verbot mir jede Bewegung, selbst das Wackeln mit der Zehe. Ich hörte ihn atmen, er schnüffelte mit der Nase. Ich hörte ihn klingeln, hörte, wie der Vater nach mir rief und ihn in die Wohnung führte. Ich hörte alles. Schlimm war nur, dass ich nicht stehen konnte, und ich brauchte frische Luft. Das Biest war doch nicht auf meinen Leib zugeschnitten, verstehen Sie? Den Deckel kriegte ich aber von innen nicht auf, der Schnäpper draußen, es ging einfach nicht. Bis ich das kapiert hatte, rakkelte ich vor purer Angst um mein bisschen Leben wie ein irrsinniger Tiger im Käfig. Endlich gab der Kasten nach, das heißt, er neigte sich sanft zur Seite, und ich mit ihm. Wir kippten gegen das Treppengeländer, glitten ab, der arme Kasten und ich, wir drehten uns mehrmals um uns selbst und schlugen dann endgültig um. Ich hatte das untrügliche Gefühl zerbrochener Schädeldecke, Rippen und was sonst so an einem Menschen zerbrechen kann, in der Hose wurde es nass, vorn und hinten, und dann gings weiter, wir rutschten die restliche Treppe abwärts mit Getöse und bauzten endlich gegen die Wand. Aus. Bum.

Donnergetöse im Treppenhaus, wo sowieso alles doppelt nachhallt. Bald hörte ich Schritte, dachte an Vater, an sein Gesicht und an die Gnade Gottes. Er war's und noch einer, wahrscheinlich der Zigeuner. Sie stellten mein Holzkorsettchen samt Inhalt aufrecht, drehten uns, begutachteten uns wohl mit Verwunderung, und ich hörte, wie Vater sagte: ‚Komischet Ding das. Na, tragen wir's wieder hoch.' Ihm muss wohl das veränderte Gewicht seltsam erschienen sein, jedenfalls öffnete er den Schnäpper, klappte den Deckel auf und, naja. Ohne ein Wort zu verlieren, pulte er mich heraus und stellte mich, wie ich war, zerbeult, verheult, verknotet, meinem künftigen Geigenlehrer vor. Hä!"

Töpfers explosionsartiges Auflachen gab Zeugnis darüber, wie köstlich er sich an seinen Jugendsünden erheiterte. Er sprang auf wie ein junges Reh, war mit zwei, drei Sätzen an der Vitrine, wo die Flasche Erlauer Burgunder wartete, und wir prosteten uns zu, genüsslich, versponnen rückwärts in vergangene Zeiten blickend. Als müsse er mich seines weiteren Erzählens versichern, legte er seine Hand auf die meine, betrachtete still die Glut seiner Zigarre und sagte: „Es geht noch weiter."

Ich hatte mich zu gedulden, und ich tat es gern.

Bedeutsam hob er den Finger und zeigte auf mich, in einer Art, als müsse er mir etwas ganz Geheimes verraten. Aber es folgte nur eine lustige Geschichte.

„Eines Tages", begann er, „feierten die Schneider der Stadt und Umgebung ihren Ball im Vereinshaus. Ich war wohl sechzehn Jahre alt und stand schon lange unter Vaters strenger Belehrung. Konfirmiert und ausgerüstet mit staksigen Beinstelzen hatte man aus mir einen halbwüchsigen Knaben gemacht, der bisweilen zu ernsten und sinnvollen Aufgaben bestimmt war. Und als solcher durfte ich an jenem Tag neben meinem Herrn Papa auf der Bühne des Vereinshauses sitzen und die dritte Geige spielen – hm-ta-ta, hm-ta-ta, Nachschlag, immer Nachschlag. Damit begann mein öffentlicher Aufstieg, damit wurde ich in die städtischen Künstlerkreise eingeführt. Hä!

In jener Zeit stibitzte ich mir den Schlüssel einer Hintertür, vermittels derer ich in den Saal gelangen konnte. Da stand nämlich ein Klavier, zwar ein mörderisch zerdroschener Schinken, aber immerhin ein Klavier. Sooft ich konnte, schlich ich mich hin und klimperte mir was zurecht, bis mich Leo Blumstein erwischte. Aber der war einfach ein herzensguter Kerl. Verpetzt hat er mich nicht, hat aber bei meinem Vater um meine Hand angehalten und ihm gesagt, warum ich nicht kann Klavier lernen. Kannst machen mit Musik viel Schores und Penunse. Vater willigte ein, unter der Voraussetzung, vor der Arbeit, also zwischen sechs und sieben morgens, und dachte wohl, ich würde von selber damit aufhören. Hab ich aber nicht. Und der Leo nahm nichts dafür, was er mir zeigte an Tonleitern, Arpeggien und Fingersatz. Hach, der Leo, der arme Kerl. Sie wissen ja, nach 1933 …

Nun gut, ich lernte, habe aber nie stubenrein spielen können. Aber immer musikantisch. Und auf diese Weise bin ich Bumsmusiker geworden, nebenamtlicher Bumsmusiker. Doch, kein schlechter, mein Lieber."

Als sei er für Augenblicke in sich eingekehrt, betrachtete er seine Zigarre. Er wird noch mehr erzählen, dachte ich und wechselte die Beine.

„In Tanzmusik", hob er mit auffallendem Ernst an und

zeigte mit langem Finger auf mich, „in Tanzmusik sitzt der Deubel. Der packt dich am Kragen und fährt mit dir los, dass das Herz aufjauchzt. Ich war mittlerweile achtzehn geworden und zum Stehgeiger im Vereinshaus avanciert. Damit habe ich auf anständige Weise meine Scherflein vermehrt. Aber, Pastorchen, wissen Sie was? Wenn in der Tanzmusik der gutartige Deubel steckt – verzeihen Sie einem alten Mann diese Ausdrucksweise – dann steckt in einem Choral der liebe Gott. Kriege ich doch eines Tages eine Sammlung Bachchoräle in die Finger. Natürlich versuche ich mich gleich an ihnen. Und mit einem Mal kam es über mich, als trügen mich Flügel davon. Der Bach, Donnerwetter, der Bach, das ist ein ganz Großer. Da habe ich mir dann was zurechtgefummelt. Diese Harmonien, diese Klänge, dachte ich immer nur. Der Leo Blumstein konnte mir da nicht helfen, da musste ich allein durch. Ich weiß noch, wie ich Vatern von meiner Entdeckung erzählte. Wir saßen nebeneinander auf dem Nähtisch, jeder hatte seinen Fussel auf den Knien und prünte so vor sich hin. Dabei habe ich Vatern erst mal richtig kennengelernt. Zwar bestand er darauf, dass ich erst die Meisterprüfung zu machen hätte, doch für Musik ließ er mir unverschämt viel Zeit. Vielleicht merkte er, dass ich mit der Musik keine Faxen machen wollte. Ich habe ihm das auch versprechen müssen.

Eines Tages hat er mit dem großen Ulrich Hildebrandt über mich gesprochen. Hildebrandt war blind, aber ein hervorragender Organist an St. Jacobi, übrigens an der Orgel, in deren linken Pfeiler das Herz von Carl Loewe eingelassen worden ist. Carl Loewe war einer von Hildebrandts Vorgängern vor Adolf Lorenz und der beste Balladenkomponist. Das nur nebenbei, Musikgeschichte, Pastorchen, hä! Nun, Hildebrandt hörte mich an, wir haben ein ernstes Gespräch über Musik geführt. Ein feiner, innerlicher Mensch, dieser blinde Mann, ein Künstler von Format. Als wenn er durch mich hindurchgesehen hätte, wies er mich einem guten Lehrer zu, dem noch sehr jungen Wapenhensch, Organist an St. Peter und Paul. Bei dem habe ich viel gelernt. Man braucht schon gute Lehrer, nicht wahr? Und wenn es einer ernst damit meint, dann kommt es auf eine Handvoll falscher Töne auch nicht an, wenn nur das Herz hinter allem steht. Der Geist ist's, der sich überträgt. Nicht die Technik. Leben überträgt sich, nicht kühle Korrektheit. Wenn freilich beides zusammenströmt, da ist Meisterschaft. Wer aber ist schon Meister. Wer! Hier auf der Erde gibts immer Interpretationsmängel und Intonationstrübungen. Erst das himmlische Halleluja, das ist vollkommene Musik. Oder?"

Wie er mich ansah! Er erwartete natürlich Zustimmung.

„Wohl wohl", sagte ich. Mehr nicht. Was mich verwunderte, nein, verwirrte, war, wie dicht nebeneinander er Empfindsamkeit und Weisheit, eulenspiegelhaften Spaß und religiösen Ernst in sich trug und äußern konnte.

Er fuhr fort: „Deswegen auch meine beharrliche Meinung über die zwei Kanzeln in euren Kirchen, Pastor, die des Organisten und die, auf die ihr zur Predigt klettert. Da können Sie sagen, was Sie wollen. Was wäre die Sprache der Kirche ohne die Sprache der Musik. Naja, alles Gequackel. Alter schwätzt, hä!"

Er drehte seine Zigarre sanft zwischen seinen Fingern, drückte die Asche ab und tippte ein paar Tabakflusen von den Lippen. Meine Zigarre war erloschen, ich hatte sie beim Zuhören glattweg vergessen.

Plötzlich lachte er auf: „Wissen Sie, wie's weiterging? Beim Kaiser musste ich marschieren. Man hatte mich in Uniform gesteckt und mir einen Schellenbaum in die Hand gedrückt. Da hieß es dann mit Glanz und Portepee Kling-klang-gloria. Ich muss damals wohl ein schmucker Kerl gewesen sein. Man merkt so was, nicht wahr? Die Mädchens, ja, ja. In der kleinen Garnisonstadt waren wir nicht unbekannt. Uns umflatterten die hübschen Damens und Frolleins und hofften, weggeschnappt zu werden. Und eines Tages habe ich mir eine geschnappt, eben weil sie mir gefiel. Wir wurden uns einig, und, was tut man dann? Man heiratet und gründet einen Hausstand. Viel hatten wir am Anfang nicht, aber es genügte. Dann kam das Traurige, Vater starb, ganz plötzlich. Mutter veräußerte die Schneiderei und wollte zu uns ziehen, starb aber kurz vorher an einer Embolie. So hatte ich Vaters gesamtes Erbe am Hals. Dann kam der Weltkrieg, der erste. Zur Front holten sie mich nicht, ich bekam einen Platz in der Uniformschneiderei zugewiesen, in der ich mich vorm Totschießen habe drücken können. Ich bin eben kein Held, Pastorchen. Ich habe mein Leben lieb und das der anderen auch. Na schön. Als der Krieg zu Ende war, begegnete mir der Zigeuner wieder, Sie wissen, die Geschichte mit dem Basskasten. Der bot mir eine Geige an. Er sagte, er liebe diese Geige, aber er brauche Geld. Keinem anderen wolle er die Geige geben außer mir. Ich nahm ihm das ab, wie er es sagte, und Geld, naja, das hatte ich. Er sagte, es wäre eine gute Geige, eine sehr gute Geige, und weil sie mir gefiel, nahm ich sie und bezahlte, was er verlangte. Doch, stellen Sie sich vor, als er sie mir überließ, da kamen ihm Tränen. Ich höre noch, wie er sagte: ‚Jetzt gebe ich mein Leben aus der Hand.' Eine komische Situation, deren Tiefe ich damals nicht erfasste. Heute weiß ich mehr. Nun, lange Zeit ließ ich das Instrument in seinem Kasten schlummern, ich hatte auch mein Spiel vernachlässigt.

Irgendwann erzählte ich mal jemandem von dieser Geige. Ich muss wohl sehr geschwärmt haben, ich weiß es nicht mehr. Einer jedenfalls, der sich als Fachmann ausgab, bestand darauf, sie zu begutachten. Der kam auch gleich am nächsten Tag. Ich sehe ihn noch lebendig vor mir, wie er mit zarten Händen die Geige in seinen Händen wog, beklopfte, beatmete, um und um wendete, ans Ohr legte und in die F-Löcher blinzelte. ‚Geben Sie mal fix eine Taschenlampe', rief er erregt. Mit der leuchtete er hinein und rief dann: ‚Mann, das ist ja eine Amati-Kopie. Wo haben Sie die her? Ein Goldstück. Hören Sie? Hören Sie?' Er spannte den Bogen, stimmte kurz – und dann hat er gespielt, dass mir der Boden unter den Füßen wich. Was für Töne holte der Kerl aus den Saiten heraus, warm, goldwarm, mehr noch, wenn ich nur Worte für solche Farbtöne fände. Plötzlich setzte er ab, fixierte mich durch und durch: ‚Möchte wissen, was Sie dafür gegeben haben.' Ich nannte ihm die Summe. Darauf er: ‚Sie Wahnsinnsmensch, unterstehen Sie sich, diese Geige jemals wegzugeben, ohne nicht das Zehnfache gefordert zu haben!' So und nicht anders hat er zu mir gesagt. Sie verstehen, mein Lieber, dass ich mich von dem Augenblick an wieder mehr dem Geigenspiel zugewandt habe – und das mit heiligem Eifer. Die Schneiderei machte ich nebenbei, die

Einkünfte genügten, ein Kind hatten wir nicht, meine gute Frau verdiente hier und da mit. Und wissen Sie, was ich mit dem Erbschaftsgeld gemacht habe? Das wir nicht aufessen konnten? Ich habe Geigen gekauft. Geigen. Verrückt, was? Geigen. Als die Inflation kam und alle Leute auf den Rücken legte, hatte ich meine Geigen."

Plötzlich sprang er auf. „Sie müssen sie hören, die Geigen, alle. Jetzt. Hindern Sie mich nicht daran. Gold, sage ich Ihnen, Gold, der Zigeuner hatte recht gehabt. Ich hole sie, alle, alle."

Seine Erregung übertrug sich auf mich. Ja, ich würde sie gerne sehen wollen, diese Geigen. Er rief mich ins Nebenzimmer und bat, ihm die Instrumente vom Kleiderschrank zu holen. Ich stieg dazu auf einen Stuhl. Als ich die Etuis anhob, rollte in fussligen Würstchen dicker Staub von ihren Kalikorücken. Töpfer wischte flüchtig mit der Hand über sie hinweg. Er war von einer auffallenden Unruhe erfasst. Seine Arme zitterten, als er mir die Kästen abnahm, einen nach dem anderen, und ins Klavierzimmer trug.

Ich pustete den Staub von meinen Händen. Er sah das und bemerkte:

„Der Dreck darf Sie nicht stören, der gehört auf jeden Kleiderschrank. Ich bin ein alter Mann, kann da nicht mehr hochlangen, und die Matzke, die lasse ich nicht an meine Geigen. Staub ist äußerlich. Was drinnen steckt, darauf kommt's an."

Ich wusste von dem Wert mancher Geigen, solche, die nur Meisterhand anvertraut werden dürfen, solche, die unbezahlbar sind. Aber solche hier bei dem alten Töpfer?

Töpfer ließ ein Schlösschen schnappen, hob den Deckel

und legte ein schwarzsamtenes Tuch frei, auf dem goldgestickte Initialen ineinander verwoben waren: R und M.

„Lesen Sie?“, fragte er. Reneé le Marquis, nachweislich eine französische Meistergeige aus dem 18. Jahrhundert.“

Er griff sie mit der Linken an ihrem rotgefederten Hals, pustete leicht gegen die Schnecke und ließ den Daumen über die Saiten fahren. „Hören Sie?“

„Ja, ich höre.“

„Sie klingt wie alter schwerer Wein, satt und sonnengefüllt.“

Ich dachte, wenn jemand für seine Schätze so schwärmt wie er, dann muss er wohl so reden. Ich fragte: „Spielen Sie mal?“

„Ach, wissen Sie, nein, nein. Nein!“ Entschieden wehrte er ab. „Meine Finger sündigen nur noch, die geben einfach nicht mehr her, was ich selber hören will.“

Ich bat ihn, er sagte nein. Ich drängte ihn, er weigerte sich. Ich wies ihm mein offenkundiges Interesse.

„Meine Geigen sind zum Musizieren geschaffen und nicht, um mit ihnen Sensatiönchen zu veranstalten.“

„Ich würde Sie am Klavier begleiten“, gab ich schließlich zu bedenken.

Jetzt flog er herum, als hätte ihn jemand gestochen. „Sie, Sie spielen Klavier?“

„Ja.“

„Warum haben Sie das bisher verschwiegen!“

„Sie haben mich nicht gefragt.“

„Hä?“

„Wollen wir?“ Hatte ich ihn?

„Wollen? Was heißt hier wollen. Wir müssen.“

„Bitte. Spielen wir.“

„Und was?“

„Alles. Was Sie wollen.“

Da flammten seine Augen auf, sehr, sehr ernst hob er die Hand, blickte mich an und seine Stimme bebte, als er hervorstieß:

„Ich warne Sie, junger Freund. Sie werden heute nicht mehr nach Hause kommen. Wir werden alle Geigen durchspielen. Erst diese, dann die Stainer, dann die Hopf, dann die Tiroler und zuletzt die Amatikopie, die von dem Zigeuner. Setzen Sie sich ans Klavier, ich hole Noten.“

Als weise er einen Diener an, Geschirr abzutragen, befahl er mich auf den Klavierhocker. Die handgeschriebenen Noten schob er zur Seite, die segelten wie Blätter im Wind zu Boden. Er kramte in einem der Regale, ich pustete die letzten Radierwürstchen von den Tasten, probierte den Anschlag und fand das Instrument wohltuend rein gestimmt.

„Hier“, sagte er und setzte mir ein paar zerfledderte Blätter vor. „Fangen wir leicht an, mit Leopold Mozarts Menuetten. Geben Sie A.“

Ich drehte am d-moll-Akkord. Während er die Saiten stimmte, schien mir, als versenke er sein Angesicht in Stimmstock, Steg und Boden. Die Augen geschlossen, flabberte sein Nasenbärtchen.

Dann gab er das Zeichen. Mir ging es gut von der Hand, Vater Mozart stellte eben noch keine Ansprüche an seine Musici. Töpfer spielte mit langatmigem Bogenstrich, brachte aber den barocken Dreierschlag so tänzelnd heraus, dass er mich wunderbar mitzog. Das machte mir unheimlich Spaß und, natürlich, es blieb nicht bei dem einen Menuett. Stück um Stück spielten wir uns aufeinander ein. Ich bemerkte, wie seine Bogenführung aus dem Atem geboren wurde. Ja, ja, so sind die Musikanten, selbst die kleinsten naiven Stückchen erleben sie mit Leib und Seele, mit der Musikantenseele.

Nach dem letzten Stück, wir hatten das ganze Heft durchgemacht, meinte er, er habe doch nicht mehr spielen wollen, ein für allemal seine Finger davon lassen wollen, aber nun habe er sein Versprechen gebrochen und nun müsse er wieder spielen, spielen, spielen. Und behauptete, er sei ein Verbrecher an der Musik.

Ich sagte dagegen, dass ich ihn bewundere, er habe einen Strich wie ein junger Gott.

„Ach, quackeln Sie nicht!“, fuhr er mich an. „Mit dreiundachtzig Jahren! Sie – Sie haben mich ja nicht gekannt …“

„Ich meinte es aber ehrlich.“

„Ich auch! Die Finger wollen nicht mehr, ich merke das doch. Neineinein, ich sollte, ich dürfte, ich dürfte einfach nicht mehr. Ist doch Stümperei, Mann.“

Ich lenkte ab: „Dieses Geigchen ist tatsächlich ein Meisterstück. Solch ein Ton, solch eine Klangfülle, wirklich, wie alter schwerer Wein.“

„Brahms, Brahms sollte man darauf spielen.“ Mit seelenvollem Blick liebkoste er sie noch einmal, bevor er sie zurück ins Etui legte. „Reneé le Marquis“, flüsterte er, deckte sie zu, schob den Bogen in den Halter und verschloss das Futteral.

„Ich sollte es nicht tun“, hob er erneut an, „Sie verführen mich, Pastorchen.“

„Nicht doch, Herr Töpfer, nicht so reden. Zeigen Sie mir auch die anderen?“

„Ich sollte es nicht tun!“

„Bitte!“

„Nun gut“, meinte er, „sie haben ja alle das gleiche Recht, angesehen zu werden.“ Er öffnete einen mit braunem Leinen bespannten Kasten: „Da schlummert sie, sehen Sie? Wie ein Kindlein im Bett. Als wenn sie atmen will.“

„Die Amati?“

„Leider nur eine Kopie, leider. Aber eine ganz ausgezeichnete Kopie. Fünftausend in Goldtalern hatte mir einer geboten. Ich dachte nicht daran. Verkaufen? Nie. Niemals. Verschenken höchstens an einen, der es wert ist.“

Verdutzt sah ich ihn an. „Das würde aber nicht jeder verstehen. Fünftausend in Goldtalern? Das ist doch kein Pappenstiel.“

„Würden Sie mich denn verstehen?“ Bei dieser Frage blickte er an mir vorbei. Und ich vermied zu antworten.

„Sie verstehen mich also nicht. Schade.“ Plötzlich fuhr er mich an: „Würden Sie denn Ihr eigen Kind verkaufen? Gegen eitel Mammon umsetzen? Nein, mein Lieber, das würden Sie nicht. Wenn Sie erst ihre Stimme gehört haben, dann ... nie und nimmer würden Sie sie verkaufen. Ich sehe, bei Gott, noch den armen Zigeuner vor mir stehen, wie er ... ach ja, seine Tränen, als er sie mir überließ.“

„Bitte“, sagte ich, „spielen Sie mir die Amati vor. Ich möchte sie hören.“

Töpfer drehte sie in seinen Händen, beklopfte mit den Nagelkuppen ihren Boden, horchte in sie hinein und stimmte sie. Dann zeigte er auf die Etikettierung unter dem F-Loch, reichte mir das kostbare Stück und sagte, ich solle lesen, was da versteckt stünde.

Wie leicht diese Geige war, und wie schön sah sie aus. Helles Holz, bräunliche Schnecke, leicht angestoßene Zargen. Bei günstigem Lichteinfall fand ich die verblichenen Schriftzeichen des Erbauers auf dem Innenboden und buchstabierte mit einiger Mühe:

„Andrea Amati fecit
Cremonae anno 1643“

Frage mich niemand, wie mich dieser Augenblick bis tief ins Innerste bewegt hatte. Er aber sagte nur:

„Leider nur eine Kopie. Andrea Amati ist bereits 1612 gestorben. Aber sie klingt, sie klingt. Ich wünschte, ich wäre noch in der Lage, sie auszuspielen.“

Ich sah ihn an. „Wollen wir?“

Er schüttelte den Kopf, setzte aber fast wie mit Widerwillen Händels Violinsonaten aufs Notenbrett. Und bald darauf versanken wir, ich vermag es nicht anders auszudrücken, versanken in einem Meer des Klanges. Töpfers Tremolo war einfach, die Arpeggien unscharf, doch was ihm an Technik fehlte, wog der Ton tausendfach auf. Das Instrument machte mich schaudern. Und wir vergaßen Zeit und Stunde.

Auf der Stainer spielten wir dann Vivaldi und Corelli. Diese Geige, ein herrliches, aus blassgelbem Holz gearbeitetes Werkstück. Am Ende verriet er mir ihren vermutlichen Wert, dessen Höhe mich verwirrte.

Mit der Hopfgeige wechselten wir zur hohen Klassik über: Beethoven, Frühlingssonate op. 24 – auf der Hopfgeige. Nie habe ich gewusst, wie Geigen unterschiedliche Tongebungen, oder anders gesagt Volumen haben können, andere Obertönigkeit, Härte oder Weichheit. Töpfer sprach von Seele. Das verstand ich.

Die Frühlingssonate aber, an der wir uns versuchten, setzte mich auf Glatteis. Schon im ersten Satz brach ich ein. Die dicken, pathetischen Akkordfolgen waren für mich armen Notendrescher dermaßen ungewohnt, dass ich nur mit Mühe nachhinken konnte. Auch Töpfer schluderte tüchtig. Schließlich gab ich auf.

Als wäre solch Zusammenbruch das Selbstverständlichste von der Welt, zeigte er auf die Geige:

„Ist sie nicht reines Gold? Was haben die Leute damals gekonnt. Wenn man sich die Pappkisten von heute ansieht, wie sie für ein paar Märker in Juxgeschäften angeboten werden und sich Geige, Violine, nennen, ... Papperlapapp, nehmen wir die beiden Romanzen. Wir wollen Beethoven doch nicht einfach abtun, hä!“

Im Nebenzimmer schlug die Standuhr. Sechs. Töpfer legte die Noten auf. Zuerst die G-dur Romanze. Er schrapte tüchtig seine Doppelgriffe. Ich dachte kurz: noch diese beiden Romanzen, dann muss ich aber wirklich aufbrechen.

Während er auch diese Geige zur Ruhe brachte, bekannte er:

„Dass mir das auf meine alten Tage noch beschert wurde! Mein Gott, ich habe das nicht gewollt. Aber es ist doch zu schön. Diese Musik!“ Bebend dann, wie ein erschöpfter Kellner, goss er den Rest Burgunder in die Gläser, und wir stießen an.

„Und was ist mit dieser da?“, fragte ich und zeigte, obwohl schon innerlich im Aufbruch, auf das noch unberührte Futteral.

„Die? Die kommt zuallerletzt dran. Für die ist unsere Zeit noch nicht reif. Die braucht ihre eigene Musik. Warten Sie ab, wir sind noch nicht am Ende."

Und, als hätte er etwas Entscheidendes vergessen, brachte er nochmals die Stainer ans Licht.

„Man muss sie einmal miteinander vergleichen. Sie sind wie Farbschattierungen, satt, oder voll, oder üppig. Oft ein Unterschied wie Tag und Nacht. Denken Sie an Tizians Rot oder das von Rubens. So sind die Meistergeigen. Bitte, spielen wir, noch bin ich bei Kräften."

Sollte ich kapitulieren? Was geht nur in diesem Manne vor, dachte ich. Ist er etwa süchtig? Dieser Greis?

Wir machten jetzt einen leichteren Mozart, hängten Dussek und einen – für meine Ohren – abscheulich süßen Padre Martini an und tranken in den Pausen die Gläser leer.

Nebenan schlug es sieben.

Heute weiß ich nicht mehr, was mich festhielt. War es der Geist des wohlschmeckenden Weines, der mir ein Stück Selbstkontrolle raubte, der mich verführte und unaufhörlich von Notenblatt zu Notenblatt trieb, oder war es eine urplötzliche Lust, ein Verfallensein, die den zugeknöpften Würdewanst meines pastoralen Habits zu sprengen wagte und mich über mich selbst erhob, ich weiß es nicht. Ich weiß nur, wie Töpfer neben mir stand, der alte Mann, und wie er geigte, mit welchem Feuer, mit welcher Demut, mit welch explosiver Kraft. Und ich, halb vom Hocker gehoben, arbeitete mich durch die unbekannten Noten, unbewusst die griechische Weisheit als Maxime fürs Vom-Blatt-Spiel im Hirn: Mensch, werde wesentlich. Ich fuhrwerkte über die Klaviatur, und wie oft ich auch danebenpatschte, und was sonst so an zerbrochenen Notenköpfen unter die Pedale regnete, es war uns beiden gleich. Wir machten Musik, ehrliche, uns auf ihren Flügeln davontragende Musik.

Als es nebenan acht schlug, kam ich wie ein Ertrinkender noch einmal an die Oberfläche und gestand ihm, dass meine Frau bereits ängstlich auf mich warten dürfte, beruhigte mich aber in der Gewissheit, sie würde alles verstehen, alles, ganz gewiß.

Töpfer korkte eine zweite Flasche des herrlichen Erlauer Burgunders auf. Lächelnd deutete ich ihm an, dass ich zwar durchaus noch ein Gläschen vertragen könne, dann aber wirklich gehen müsse. Irgendwann schlug die Uhr neun. Ich schauspielerte gewaltiges Erstaunen über die vorgerückte Stunde und meinte mit einem Anhub energischer Willenskraft, wir müssten langsam zum Schluss kommen.

„Jetzt? Neineinein!“ bestimmte er. „Die Tiroler hast du noch nicht gehört, mein Junge. Die Tiroler, mein rotes Feuer. Die bringt dich in Rage.“

Flugs saß ich wieder am Klavier und rieb die Hände zwischen den Knien.

„Nimm es einem alten Mann nicht übel, wenn er einfach du sagt. Du bist nämlich auch ein Musikant. Hä! Das merkt man doch! Kannst sagen, was du willst, mein Junge! Hä!“

Sprach's und schlug mir herzhaft auf die Schulter.

„Hä!“, äffte ich ihn nach, ohne Hemmung. Töpfer war knorke, ich hatte einen Schwips.

Schon wühlte Töpfer zwischen irgendwelchen Notenhaufen, ordnete, stapelte, schmiss runter – er suchte wohl

Entscheidendes, fand einen Weg über die am Boden verschneiten Manuskriptseiten hin zur Burgunderflasche und schülperte – blobb-blobb-blobb – die Gläser voll, voll bis an den Rand, hob den Finger prophetisch in die Höhe und befahl: „Zuvor ein Prost auf die Musik! Na sdrowje!"

Wir stießen an.

„Jetzt kommt die andere Seite Wiens an die Reihe, jetzt kommt's Geld von der Post."

Ich leugne nicht: In mir stieß der schwere Wein aus den tiefsten Zehen hoch bis in die Schläfen und drehte mich in allen Gelenken kuschlig weich. Anders der alte Herr. Ihn hatte der Wein anscheinend gereckt, geweckt, gestreckt. Einem besessenen Chirurgen gleich, der, mit dem Messer in der Hand, sein Opfer bereits auf der Bahre sieht, griff er nun auch in den letzten Kasten. Staubbällchen kugelten auf die Tischdecke. Was machte das schon, es ging um mehr! Dann zauberte er ein weinrotes Prachtexemplar von Geige aus dem Etui und beklopfte – eine liturgische Handlung könnte nicht feierlicher laufen – Decke und Boden und horchte in das Instrument hinein, ihr die ersten Töne abzulauschen. Dann zeigte er sie mir und ich hatte ihre Leibesfülle zu bewundern, die kunstvoll geformte Schnecke zu loben, die Elfenbeinintarsien in den Wirbeln zu befühlen sowie das Bleisiegel auf dem Unterboden, dicht neben dem Kinnhalter.

„Dieses Siegel", sagte er und drückte seine dünnen Lippen auf die Gravur, „verrät dir die Echtheit des Werkstücks. Es ist eine Meisterarbeit, eine blutechte Tiroler. Pass auf, was wir jetzt machen."

Er warf mir eine Handvoll Notenblätter zu und befahl:

„Spiel das! Klavierbearbeitungen von Hinz und Kunz. Wir fangen mit dem Walzer an."

Ratsch – flog sein Jackett in die Sesselecke, plimm – die Geige wurde gestimmt, ans Kinn gesetzt – und los ging's.

„Ich habe Auftakt! Drei – eins – zwei ..."

Vor mir schwammen die schwarzen Kleckse auf ihren fünf Linien Slalom. Feurige Walzer in ungehemmten Tempo flogen durch das Zimmer, linkerhand patschte ich vollgriffige Akkorde, rechts die Melodien in Oktaven, einmal durch den Kopf, sechsmal durch den Hals gestrichen. Mein technisches Vermögen litt an akuter Auszehrung. Doch souverän pfuschte ich mich durch. Ich.

Doch Töpfer? Was machte der? Ich drehte mich zu ihm hin, weil mich das Gefühl beschlich, er stünde nicht mehr neben mir. Und wahrhaftig. Geschmeidig wiegend in den Armen seiner Musik wanderte er durch die Stube, segelte in alle Ecken, schwebte förmlich davon, wie der Stehgeiger vom „*Kiss Royal*" in Budapest von Gasthaustisch zu Gasthaustisch gleitet, feinen Damen feine Weisen in feine Ohren zu fitscheln. Wie wehendes Schilfrohr neigte sich der alte Mann, hierhin, dorthin, als zögen ihn Bogenstrich und Saitenstrang in die Höhe oder würfen ihn hinab. Die Augen hatte er, lustvoll schmerzlich geschlossen und die grausilbernen Haarsträhnen wilderten über die Stirn. Mir schien, er spielte nur für sich selbst. Mit seiner ganzen, vollen, lebendigen, ewig jungen Seele spielte er für sich selbst.

Da konnte auch ich mich nicht mehr bremsen. Die angestrebte Akkuratesse ging flöten, aber meine in letzter Stunde hochdressierten Finger griffen, was sie fanden, und dabei erstaunlich mehr Richtiges als Falsches. So sprangen wir durch Walzer, Polka, Marsch und Schmierenoperette. Bis Töpfer allem ein Ende setzte. Mit einem harten, einschneidenden Doppelgriff, den er über die Saiten riss, als wollte er sie zerschneiden, gab er mir zu verstehen: Es ist genug. Aus. Schluss.

Starr blieb sein Bogen stehen, wie in die Luft gepiekt. Dann taumelte er und suchte an einem Möbel Halt.

„Strauß!“, rief er, „Strauß, du alter Kerl, du bist vom Deubel! Du hast mich schon damals rasend gemacht. Jetzt schaffst du mich senilen, alten Schragen noch an meinem Lebensabend.“

Ich sprang auf: „Mensch, du, alter Franz, du kannst mehr als Brot essen.“ Doch als ich seine plötzliche Ermattung bemerkte, hielt ich meine Begeisterung zurück. Er musste sich sichtlich stützen. Als ich ihm irgendwelche Hilfe anbot, reckte er sich hoch und strich seine Haare zurück.

„Lass gut sein. Der liebe Gott wollte mich wohl noch einmal aufleben lassen. Aber nun – nun soll er mir endlich Ruhe gönnen.“

Er legte die Geige zurück in den Kasten, zärtlich wie eine Mutter ihren Säugling ins Kissen. Dann setzte er sich in seinen Sessel. Das Kinn geneigt, die Augen geschlossen, betrommelte er tief in Gedanken die Armlehnen, taramtam-tam, taram-tam-tam. Bis ein Lächeln sein Gesicht überflog und darin hängen blieb.

Jetzt nur nichts Törichtes quackeln, dachte ich und setzte mich nur still neben ihn. Im anderen Zimmer tickte die Uhr, ihr Pendelschlag wuchs in der Stille auf und mischte sich in Töpfers Atemzüge. Lange saßen wir so. Ich spielte an meinen Fingern und wurde müde. Das machte der Wein. Töpfer sprach erst wieder, lange nachdem die Uhr nebenan sirrend den neuen Stundenschlag eingerückt hatte.

„Es ist spät. Du musst gehen."

„Ja, es wird zehn."

„Ich weiß nicht", sagte er leise, „hast du mir heute Freude oder Schmerz bereitet. Ich befürchte, das Letzte. Aber es war nicht deine Schuld."

Ich fragte bestürzt: „Wieso?"

„Sieh mal", fuhr er fort, „seit meinem Achtzigsten hatte ich gedacht, das Leben, Franz, das Leben hast du jetzt endgültig hinter dich gebracht, überwunden, ein für allemal ausgelebt, bist reif für den großen letzten Gang. Aber nun – nun ist wieder alles aufgebrochen, alles, all das, was ich bewusst beerdigt hatte. Nun wird die Sehnsucht an mir fressen wie vor Jahren, wird fressen, wird nagen und mich quälen und mich schließlich verzehren. Die Musik, junger Freund, die bringt mich um. Verstehst du?"

Das zu hören bewegte mich stark, und ich rückte zu ihm hinüber, um ihm die Hand auf die Schulter zu legen.

Er wehrte ab. „Ist schon gut. Wer weiß denn um diese Geheimnisse. Wir Musikanten sind doch krank, sind totkrank, wenn wir nicht spielen können. Aber – wer versteht das schon."

Weiter trommelten seine Finger auf der Lehne.

Da stand ich nun wie ein Schulknabe vor einem Weisen. Müsste ich nicht doch jetzt etwas sagen? Aber was. Belangloses? Sinnleeres? Ich sagte:

„Ich werde, falls du's erlaubst, später mal meinem Jungen erzählen, wenn er groß ist und so was begreift. Der geigt auch, ein bisschen. Immerhin ..."

Er hob den Kopf: „Du hast einen Jungen, der geigt?"

„Nun ja, er hat Unterricht."

„So, soso, sososo. Du hast einen Jungen, der geigt."

„Ja. Ist das so überraschend?"

Die Uhr setzte zum Schlage an, das Räderwerk rauschte auf, wir zählten die Stunden.

„Zehn", sagte er. „Du musst gehen."

„Ich helfe dir aufzuräumen", wandte ich dagegen und bückte mich, um wenigstens vom Teppich zu sammeln, was da zerstreut herumlag.

„Lass das" wehrte er ab, „das ist meine Sache. Die Matzke wird mir morgen schon helfen. Geh du nur nach Hause. Sag deiner Frau, sie solle getrost alle Vorwürfe bei mir abladen. Auf mich wartet ja niemand mehr."

Plötzlich kam es mir ein: „Franz, du schreibst doch deine Kantate zu Ende! Ich will sie aufführen lassen, ja, ich verspreche dir das. Ich sage das nicht nur so dahin. In meiner Gemeinde. Es ist mir ernst darum. Nächstes Weihnachten."

Wie er mich da ansah, halb Wehmut, halb Beglückung.

„Danke, junger Freund. Das ist gut. Wie oft fragte ich mich schon, für wen ich all dies Zeugs schreibe. Bist du erst unter der Erde, wird kein Schwanz mehr danach krähen. Es ist gut, dass du das gesagt hast."

„Hast du – noch viel – daran zu komponieren?"

„Ich weiß, dass ich nicht mehr viel Zeit habe. Ich werde mich beeilen müssen. Darum ist wichtig, dass du das gesagt hast. Nun muss sie fertig werden." Und leise, wie nur für sich selbst gesagt, wiederholte er: „Es war gut, dass du das gesagt hast."

Er begleitete mich zur Tür. Beim Gehen, vornübergeneigt, wirkte er plötzlich sehr müde, auch bekam er die Füße nicht mehr hoch, sondern schlurfte hörbar über den Teppich. Wo war seine Geschmeidigkeit geblieben, sein Feuer, seine Jugend?

Als ich ihm die Hand reichte, hielt er sie für einen Augenblick fester, als man sonsthin zu tun pflegt.

„Also einen Jungen hast du, der geigt. Schick ihn doch mal zu mir."

„Werd' ich tun. Gesegnete Weihnachtszeit, Franz."

„Danke, ist schon gut." Damit entließ er mich.

Im nächtlichen Hausflur hallten meine Schritte lange nach. Indem meine Hand über das Geländer fuhr, drängte sich mir das Bild mit dem Basskasten auf. Köstlich, diese kindliche Angst vor dem Geigenlehrer. Hä! Köstlich all seine Erzählchen, köstlich dieser Abend.

Die herbe, zugige Winterluft im Korridor half mir in die Gegenwart zurück. Draußen hatte sich der Nebel des Tags in den Straßenbäumen verfangen und schlug mir gegen das Gesicht. Durch stehende Pfützen ging ich unverzüglich heim, Melodiensplitter im Hirn, und an den Händen unablässig und sinnlos trillernde, spielende Finger. Und, ohne mir dessen recht bewusst zu sein, traten meine Füße den Takt eines unterschwelligen Tam-tamtamteradam. Schritt um Schritt.

Meine Frau hatte verständlicherweise voller Unruhe auf mich gewartet. Ich erzählte ihr, was gewesen war und was erzählenswürdig sein durfte. Die Nacht aber wurde kurz für mich, denn hinter meinen brennenden Augen tanzten Bilder um Bilder schaukelnde Reigen zu Erlauer Weinweisen. In Musik versponnen, von verzerrten Linien und durchstrichenen Notenköpfen, von flimmernden Tastenreihen umgaukelt, wurde ich sein Gesicht, sein altes zwischen Glückseligkeit und Resignation wechselndes Gesicht nicht mehr los. Es blickte mich unentwegt an.

Wer wagt zu ermessen, warum Menschen auf oft rätselhafte Weise – man nennt so was gerne Zufall – zueinandergeführt werden. Ist nicht unser ganzes Leben durchwoben von tiefen, kühnen Geheimnissen?

In den Tagen, als nach durchstandenem Winter die Meisen ihr erstes Zi-zi-deh probierten, der Schnee den ersten wärmenden Sonnenstrahlen wich und das Tageslicht zaghaft länger am Abendhimmel zu stehen schien, meldete mir Frau Matzke Töpfers Ableben. Sie ließ wissen, er sei über Nacht eingeschlafen, sie bäte mich zu kommen, sie habe mir etwas zu übergeben.

Ich gestehe, dass mich der Tod dieses mir lieb gewordenen Mannes sehr bewegte. Unverzüglich machte ich mich auf den Weg, um der Frau Matzke zur Seite zu stehen, denn aus meiner jahrelangen Praxis wusste ich, wie ratlos in solch gegebenen Anlässen die Angehörigen sein können.

Überraschender Weise war das hier nicht der Fall. Die Matzke schien über der Situation zu stehen. Ja, sie wirkte auf mich mit einer gewissen Nonchalance, als sie mit dem Bibelwort aufwartete: „Der Herr hat's gegeben, der Herr hat's genommen, Herr Pastor. Im übrigen habe ich beim Institut schon alles in die Wege geleitet. Sie brauchen ihn nur noch zu beerdigen. Und, bevor ich's vergessen sollte: Dies hier habe ich Ihnen zu überlassen. Er hat's mir neulich extra aufgetragen."

Sie drückte mir einen Geigenkasten in die Hände und sagte:

„Hier."

Mir wurde schwindlig. Eine seiner Geigen, durchfuhr es mich.

Ich sagte nur ja und danke. Dann war die Matzke an der Reihe. Sie redete und redete, und ich erinnere mich ihrer wiederholten Klagen, mutterseelenallein für die Auflösung des ganzen Haushaltes geradestehen zu müssen – und sie nannte seine wertvolle Hinterlassenschaft Krimskrams. Mit unübertriebener Deutlichkeit habe ich diese Frau aber dann doch auf die handgeschriebenen Noten hingewiesen, die sie sorgsam sammeln solle. Besonders die, an denen er in letzter Zeit geschrieben habe.

Sie wolle sehen, sagte sie, sie wolle sehen.

Zu Hause enthüllte ich still für mich allein, was mir übergeben worden war. In diesen Minuten hielt ich mit dem Toten heimliche Zwiesprache, intim, innig, für niemandes Ohr bestimmt.

Auf dem blauen Samttuch fand ich einen Brief, an mich gerichtet, und ich musste mehrmals die in übergroßen Buchstaben gefassten Worte lesen, ehe ich ganz begriff:

Für den Jungen, der geigt! Wir haben die Pflicht, Kunst nur zu verschenken. Sie ist Ausleihe an uns vom großen Meister droben. Und niemand hat ein Recht auf sie allein. Bitte, kein Wort drüber!

Franz Töpfer

Da lag sie vor mir, die Amati-Kopie. Leider nur eine Kopie. Leider?

Ein Jahr lang blieb sie auf dem Schrank im Schlafzimmer, sammelte auch hier ihre Staubkügelchen wie ehedem. Sie ruhte in der Erwartung einer Erweckung. Erst vor kurzem übereignete ich sie meinem Jungen und erzählte ihm ihre Geschichte.

Sabina Kopicka

Sabina Kopicka war ein junger Mensch, dessen Erscheinung unter den Lebenden in keiner Weise besonders hervortreten würde, wäre diese nicht zu einem Exempel geworden in jenen schrecklichen Jahren, die Deutschland mit einer dummen, ja irrsinnigen Ideologie überzogen hatten, in denen in vernunftwidriger Weise Feindbilder in Herzen und Seelen gepumpt wurden in beispiellos teuflischer Weise. Die aus dieser Tatsache entstandenen Probleme und die Umstände, soweit sie Sabina Kopicka betrafen, sollen zunächst zurückgestellt werden, scheint es doch ratsam, zu Beginn dieses Berichts das Umfeld zu umreißen, in das dieses Mädchen hineinrangiert wurde.

Da wäre zunächst eine Stadt zu nennen, von der man sagte, sie sei eine der schönsten Städte im Norden unseres Landes, herrlich begrünt und mit Straßenzügen aus der Vorstellungswelt großartiger Stadtplaner durchsetzt.

Eine ihrer Straßen, von der noch mehrfach die Rede sein wird, zeichnete sich beispielsweise durch Anpflanzungen zahlreicher Kastanienbäume aus, die die Fahrbahn an beiden Seiten an die hundert Meter umsäumten, darum man ihr neben dem ihr amtlich zugeteilten Namen den klangvolleren Namen Kastanienallee verliehen hatte. Im Volksmund. Belassen wir es bei diesem, denn die riesig sich ausgebreiteten Bäume stehen noch heute.

Schön muss es sein, an ihnen den Gang der Natur durch ein volles Jahr miterleben zu können, im März das Kommen der braunen Knospenköpfe zu entdecken, die alsbald klebrig aufspringen, um sich wie Samtpfötchen zu entfalten, um die Fächer des Blattwerks freizugeben, wieder bald darauf die wie Weihnachtsbäume anmutenden Blütenstände in tausenfacher Schönheit zu erleben und die stachelbeerartigen Früchte und die gegen Sommerende aufplatzenden Kastanien, ein lustiges Wettsammeln aller Kinder, bis endlich die letzten Blätter zur Erde segeln, wenn es nach vermoderndem Laub riecht. Großartige Bäume, eine Lust, sie anzuschauen.

In einem der Häuser dieser Straße wohnte das Ehepaar Grabow mit Sohn, eine interessante Familie, interessant für die, mit denen sie Kontakte unterhielt, wie auch für die, die in besonderer Weise auf sie aufmerksam geworden waren. Das Haus selbst war ein im Grunde unbedeutender Bau, der sich aber des Vorzugs rühmen durfte, wie ein schutzbedürftiges Etwas unter den riesigen Baumarmen geborgen zu sein.

Vater Grabow war ein Mittfünfziger. Die Behörden hatten ihn wegen seines vorgeschrittenen Alters nicht mehr in den aktiven Wehrdienst zu Beginn des letzten Krieges einberufen können. Grabow war von untersetzter Natur und daher unauffällig, wie man sagt. Seines Zeichens professioneller Kaufmann seit vielen Jahren, was ihn bewog, in lebendige Geschäftsverbindung mit den im Osten beheimateten Polen und denen jüdischer Herkunft zu treten. Dazu pflegte er die Musik. Zugegeben, sein Herz schlug nicht für die Musik des Barock. Für ihn begann sie mit Mozart, den Wiener Klassikern bis hin zu Brahms und seinen Zeitgenossen. Kammermusik wurde im Grabowschen Haus betrieben, Streichquartette vornehmlich, von Haydn bis in die Neuzeit, dazu auch die

Werke jener Meister, deren Namen im Dritten Reich auf dem Index standen.

In diesem Haus gab es unter anderem ein Musikzimmer, eine Benennung, die deshalb geführt wurde, weil darin das Klavier stand, und es wurde darin musiziert. Dienstags um acht Uhr beispielsweise, jede Woche, um acht Uhr abends, da trafen sie sich, die beiden Geigen, die Bratsche, und das hier im Hause ansässige Cello, das Grabow eben selber spielte. Diese Leute waren zwar Dilettanten, aber auch unter diesen soll es bekanntermaßen solche geben, die ordentlich musizieren. Und hier war das der Fall. Grabow stellte Ansprüche. Zudem beflügelte Begeisterung die Vier, denn gerade die Musik half ihnen, wie so vielen anderen auch, über die Misere hinweg, über das ständig Ungewisse, das die Zeit über sie verhängt hatte.

Wohl verstanden sie sich über das Musiktreiben hinaus und sprachen auch ganz offen über dieses und jenes im Zeitgeschehen. Hellhörig aber wurden sie in jenem Augenblick, da einer unter ihnen darauf bestand, am Dienstagabend, vor Beginn des Musizierens, im Rundfunk die Kommentare des unanständigen Hans Fritsche unbedingt hören zu müssen. Dieser Fritsche war einer jener Charaktere, die ihre giftigen Injektionen unter die Häute naiver, allesglaubender Leute trieben, damit sich der Ungeist, der Deutschland beherrschen wollte – Vater Grabow nannte ihn Braunfäule – wie Metastasen im Nichtmehrdenken der Zeitgenossen wuchernd fortpflanze. In feingeschminkten Phrasen wurde dieses Gift gereicht. Das durch diese Forderung eines Quartettmitglieds die Freundschaft auseinanderbrach, verstand sich von selbst. Misstrauen bietet nicht die Welt, in der es sich atmen lässt. So sah sich Herr Grabow genötigt, das ihm so liebe Streichquartettspiel aufzugeben.

Musik wurde selbstverständlich weiterbetrieben, schließlich gab es nicht nur das Quartettspiel, auch Trios gab es und Duos, und einmal gelangte sogar das bezaubernde Forellenquintett von Schubert auf die Notenpulte, unter Zuhilfenahme eines Kontrabasses, vortrefflich am Klavier getragen durch Lisa Grabow, die Ehefrau des Hausherrn. Diese war einst, nach Durchlaufen eines Lyzeums und Studiums im Carl-Loewe-Konservatorium zu einer angesehenen und gern gehörten Pianistin in der Stadt avanciert und lebte zur Zeit vom Klavierstundengeben. Die Wandererfantasie Schuberts flog ihr mit Bravour durch die Finger, doch ebenso feinfühlend brachte sie die emotionsgeladenen Lyrischen Stücke Griegs auf die Tasten. Von Mendelssohn ganz zu schweigen, den sie über alles liebte, auch wenn dessen Name nur auszusprechen schon gefährlich war. Lisa war eine zierliche Frau. Einmal erzählte sie über sich und ihre Kindheit, der Arzt habe ihrer Mutter nach ihrer Geburt geraten, keinen Kinderwagen zu kaufen, es lohne nicht, das Kind sei zu schwächlich. Hatte der sich aber geirrt! Lisa konnte, wenn es sein musste, wie eine Energiebombe losplatzen, dass einem Hören und Sehen verging. Ja, das konnte sie. Konnte aber auch ganz das Gegenteil sein, sanft wie das Flauto-dolce-Register einer Orgel. Je nach dem, was von ihr gefordert wurde.

Allerdings zeigte sich in letzter Zeit eine Veränderung ihrer Konstitution. Ihr Hausarzt, der Dr. Salomon Schlesinger, riet dringende Schonung und befürwortete den

Antrag auf eine Haushaltshilfe. Diese Schwäche gründete nicht allein in dem, was sich bei einer Frau in vorgeschrittenem Alter ohnehin einstellt und bekanntermaßen nicht immer leicht zu ertragen ist. Kam es über sie, legte sie sich ins Bett und überließ den Haushalt ihren beiden Männern, dem Vater und dem Sohn Horst. Da warteten dann Küche, Mahlzeiten, Wäsche, Reinigung, kurz all das, was zu einem Haushalt gehört, wie man es ja kennt.

Dass dieses auf Dauer kein Zustand bliebe, wurden also Anträge gestellt, bei dem für so etwas zuständigen Amt. Man gab Bescheid und ließ wissen, in diesen angespannten Zeiten könne man niemanden freistellen, um private Haushalte zu versorgen. Die Anträge würden liegen bleiben, man würde zur gegebenen Zeit auf sie zurückgreifen. Man möge also warten.

Sollte der Name des die Anträge unterstützenden Hausarztes dem Amt nicht genehm sein? Das war durchaus anzunehmen. Die Grabows hatten ohnehin das sichere Gefühl, auf einer Liste zu stehen mit solchen, denen aus verstecktem Winkel besondere Beachtung galt. Nun, es war ihnen egal.

In dieser Zeit, da Mutter kränkelte, wuchs der Junge Horst zu einem unentbehrlichen Helfer heran. Er lernte Rücksichtnahme, bekam goldene Hände für dieses und jenes und dazu ein wachsames Auge für die, die seine Hilfe brauchten. Im Grunde aber war er schon von klein auf ein hilfsbereites Kind gewesen, wie jenes Ereignis belegt, über das hier berichtet werden soll.

Als der Junge im Jahr 1932 die erste Klasse der Volksschule besuchte, hatte der Tag noch mit Gebet und Morgenlied, vom Lehrer mit der Violine begleitet, immer schön begonnen, harmonisch, dem Kindeswesen angemessen. Bald aber drängte sich ein anderer, neuartiger Ton dazwischen, störte die Harmonie, forderte eine Art Gleichschritt im Denken, Lehren und Begreifen. Systematisch. Vater Grabow sprach von homöopathischer Dosierung. Neue Lieder erschallten unter dem einfallslosen Gepauke der sogenannten Landsknechtstrommeln, doch noch hatte sich das Jahr 1933 nicht als der gewaltigste Irrtum und Missgriff im sich anbahnenden politischen Wirrwarr erwiesen. Die Kinder, wenn sie das zehnte Lebensjahr erreicht hatten, nannte man Pimpfe, und die Älteren versicherte man, die Zukunft Deutschlands zu sein. Horst verlor in dieser Zeit diesen und jenen Freund, und einen besonders schmerzlich, den Günter Lurje, wohl einen der begabtesten Jungen seiner Klasse, ein dunkelhaariger, braunäugiger Junge, den Horst liebgewann mit jener reinen Zuneigung, wie sie Kinder in jenem Alter bewegen kann. Lange Zeit hindurch gingen sie den gleichen Schulweg, die Kastanienallee entlang, fast möchte man sagen, Hand in Hand gingen sie. Dass so was so manchem nicht mehr gefallen wollte, war eine Frage der Zeit. Irgendwann kam es zu Hänseleien, man knuffte den Günter, der sich nicht zur Wehr setzte, der sich sogar schlagen ließ und stoßen, so dass Horst wie ein Blitz dazwischenfuhr, um seinen Freund zu verteidigen. Darauf nannte man ihn Judenfreund und zeigte mit dem Finger auf ihn. Eine Beschwerde beim Klassenlehrer verhalf zu nichts. Bald darauf blieb der Günter Lurje der Schule fern und war nicht mehr gesehen, genau wie manch anderer, die Löwensteins, die Manasses, die Aronheims und Cohns und auch der Hausarzt Dr. Schlesinger.

Horst trauerte seinem Freund nur kurze Zeit nach, dann vergaß er ihn. Das Heranwachsen forderte sein Recht, ein gesundes Maß an Selbstbewusstsein, der Geist des Elternhauses und die Keckheit und Widerborstigkeit des Pubertierenden formten seine Lebensjahre. Geborgen im Rahmenbild einer seelisch gesunden Familie, die mit den ethischen Grundsätzen aus dem Geist der Bergpredigt lebte und die mit dem Ungeist der Zeit nicht Schritt zu halten vermochten, wuchs er heran. Und nur der schreckliche Zwang, dem er sich am Ende trotz allen Widerstandes nicht mehr entziehen konnte, hieß ihn sich schließlich mit einer Uniform vermummen, ein Akt verzweifelter Selbstaufgabe, wollte er sich nicht einem unerträglichen Martyrium selber ausliefern. Horst Grabow wurde Hitlerjunge, ein Knabe, der seine Uniform mehrmals in der Woche zu tragen hatte, ein Zustand, dem er sich mit ertaubenden Sinnen zu ergeben schien, im Innersten angewidert. Und er war nicht der Einzige.

Die Familie Grabow suchte ihren eigenen Weg durch diese Jahre. In dunklen Stunden half da die Musik, die ‚holde Kunst', beklemmte Herzen in eine bessre Welt zu entrücken.

Es schien geraten, dieses bisher Erzählte dem eigentlichen Bericht, der nun folgen soll, voranzustellen. Dies geschah, um die Grabows mit dem, was sie umgab, was sie trieben und dachten, kennen zu lernen. Doch nun weiter.

Eines Tages, genau gesagt es war der 31. August des Jahres 1942, läutete es an der Tür des Grabowschen Hauses. Eine Frau stand da, ihr geflochtener Zopf nach zeitgemäßer Forderung gesteckt und ihr hochartikulierter Deutscher

Gruß ließen augenblicks wissen, wes Geistes Kind vor einem stand. Sie bringe, wie sie sagte, ‚positive Bearbeitung betreffs dem Antrag auf Haushilfe', ließ aber zugleich auch sehr deutlich wissen, sie müsse sich auf Anordnung des Amtsleiters ‚über den wahren Zustand von der Notwendigkeit orientieren und die Unterbringung kontrollieren'. Erst dann dürfe sie den Antrag als genehmigt aushändigen. Frau Grabows Einwand, ob denn nicht genüge, wenn der sie behandelnde Arzt ... „Nein, das genüge nicht, auch unser Amt hat ein Wörtchen mitzureden. Wir sind aber keine Unmenschen", behauptete sie mit verbissenem Lächeln, „und wir tun an unseren Genossen, was möglich ist."

Frau Grabow steckte den Zeigefinger in den Mund, kaute drauf und nuschelte so was wie: das haben wir längst gemerkt und wir sind dankbar für jede Wahrheit.

Nun musste die Dame, die in einer strammen Weste steckte und ihre obere Partie jünglingshaft zurückzudrängen suchte, zugeben, dass zur Zeit der angespannten Lage für einen privaten Haushalt kein deutsches Pflichtjahrmädchen gestellt werden könne, daher müsse man auf eine Aushilfe zurückgreifen, auf eine, wie sie sagte, aus dem Osten, falls Frau Grabow damit einverstanden wäre. Bejahendenfalls gäbe sie die Sicherheit, dass, würde auch nur ein einziger Punkt der Klage kommen, ja bei dem geringsten Anlass, würden wir sofort Gerechtigkeit walten lassen. „Man kennt ja", sagte sie, „die Unzuverlässigkeit dieser Menschen. Und schließlich", sagte sie wörtlich, „müssen wir Deutschen uns ja nicht alles gefallen lassen von dem Pack. Unser Führer ..." und so weiter und so weiter.

Frau Grabow winkte ab und mit gespielter Vertraulichkeit antwortete sie:

„Schicken Sie sie mir und seien Sie überzeugt, wir wissen, wie wir diese Art Menschen zu behandeln haben." Mochte sich diese braune Zicke dabei denken, was sie wollte. Und richtig, mit süffisantem Augenaufschlag hob sie den Finger und sagte:

„Das ist gut, Frau Grabow, das ist sehr richtig. Ich freue mich über Ihre Haltung. Damit darf ich Ihnen den vom Amt bereits unterschriebenen Vertrag übergeben. Sie können die Polin mit den notwendigen Papieren versehen morgen im Lauf des Vormittags erwarten. Hier ist der Vertrag, der nun auch von Ihnen unterschrieben werden muss. Er gilt aber nur auf Widerruf."

Sie entnahm ihrer Tasche die Formulare, Frau Grabow unterschrieb. Sie bekam aber noch zu wissen, dass von Zeit zu Zeit eine Kontrolle erfolge, und jede Klage wäre sofort zu melden.

War dieser Frau gar nicht aufgefallen, dass Frau Grabow sie nur auf dem Hausflur abgefertigt und nicht ins Zimmer gebeten hatte? Nein. Indes verabschiedete sie sich mit zurückgeworfenem Kopf und Deutschem Gruß, den Frau Grabow aber nicht erwiderte. Er wäre ihr im Hals stecken geblieben.

Es ist wohl verständlich, wie von diesem Augenblick an eine gewisse Neugier, um nicht Aufregung zu sagen, die Grabows ergriff. Und die blieb auch bis zu dem Moment, da es an der Haustür läutete und Lisa, nennen wir sie ab jetzt der Einfachheit wegen so, mit einem Aha-jetzt-kommt-sie-wohl die Türe öffnete. Vor ihr stand eine junge Frau. Oder noch ein Mädchen? Lisa hatte sich auf eine ältere Person eingestellt, die in der Lage war, den Haushalt im Krankheitsfall zu übernehmen. Nun war sie doch recht verwundert. Ein Lidschlag nur, eine kurze, prüfende Begegnung zweier Augenpaare, dann streckte sie der Angekommenen die Hand entgegen in der Erwartung, die Frau beziehungsweise das Mädchen würde sie ergreifen, wie es doch üblich ist, auch in Polen. Aber nein, das geschah nicht. Die Fremde stand da, in der einen Hand eine unordentlich gepackte, vollgestopfte Tasche, in der anderen einen zerknitterten Pappkarton, mit Bändsel zugeknüppert, stand da in einer Art, als sei sie im Begriff, auf der Stelle zu flüchten, weg, weg ins Weißnichtwohin. Angst las Lisa in dem Gesicht, nichts als Angst. Kurzerhand ergriff sie die Fremde am Arm und zog sie ins Haus, schloss die Tür und deutete ihr, das Gepäck abzustellen, hier, egal wo, diese ärmlichen Behälter ihres sicher noch ärmlicheren Besitzes. Dabei blickte sie an der Fremden herum, sah ihre abgetragene Kleidung, die zertretenen Schuhe, ihre Augen glitten über das schwarze P auf gelbem Grund, festgenäht am Mantelaufschlag, für jeden sichtbar, kennzeichnend und diskriminierend. Dieses P.

Dies aber währte nur Sekunden. Lisa erschrak, als ihr das blutunterlaufene Auge auffiel, links, die Wunde, die bis zum Wangenknochen aufgeblüht war, nässte und das eigentlich wohl jugendliche Gesicht in eine Fratze verkehrte, vor der man Angst hatte, sie anzuschauen.

Ein Faustschlag ins Gesicht! Welch eine Demütigung! Sie legte die Hände vor die Lippen, flüsterte vor sich hin: Mein Gott, wie kann man bloß, und eilte, heilende Salbe zu holen.

Starr, als wäre sie ein eisernes Standbild, ließ das Mädchen an sich geschehen, wie Lisa mit sanftem Finger die Salbe über die Wunde strich und mit leiser Stimme, als könnte sie das Mädchen verletzen, hauchte: Kind, was hat man nur aus Ihnen gemacht.

Sie ahnte, sie ahnte. Dummheit mit Macht gepaart, darin erweisen sich die ohnmächtigen Mächtigen dieser Tage.

Nun erst fragte Lisa nach dem Namen, in der Annahme, dieses Mädchen verstünde ein wenig Deutsch. Wortlos reichte die Fremde ein Formular und wies mit dem Finger auf das Gedruckte. Das sollte wohl heißen, da, Frau, lies selbst.

„Sabina Kopicka?“

Das Mädchen schüttelte den Kopf, verbesserte in Kopitzka und sagte: „Ich Polin“.

Lisa sagte, sie wisse das und fragte, ob sie Deutsch verstünde, was Sabina verneinte.

Hier wäre also eine Hürde zu nehmen, dachte Lisa, hieß sie dann ihr zu folgen und führte sie die wenigen Schritte über den Hof zum hinteren Gebäude, um ihr zu zeigen, wo sie wohnen sollte. Ungeachtet der falschen Annahme, Sabina verstünde sie nicht, redete sie zu ihr, gab es doch vieles zunächst zu erklären. Wie das denn so ist, wenn man einem Fremden ein Zimmer zuweist. Lisa bedeutete dem Mädchen, sie solle sich hier ganz nach ihrem eigenen Geschmack einrichten und sich wohlfühlen. Alles zum Leben Notwendige stehe ja bereit, dort das Bettgestell mit zwei warmen Decken, frisch bezogen, dort der Waschständer mit der Emailschüssel, Wasser müsse sie sich aus der Küche holen, dort das Regal und das kleine Kommödchen. Sagte ihr auch, wenn sie irgendwelche Wünsche habe, solle sie sich getrost an sie wenden, und fügte hinzu, sie wolle heute abend noch mal die Wunde salben, die sähe ja ganz schlimm aus.

Sabina stand, während Lisa mit gutem, ja mit mütterlichem Wort zu ihr sprach, unbeweglich, wie eine Taubstumme, an der jedes Wort ungehört vorbeistrich. Doch sagte sie, als Lisa sich zum Gehen wandte: „Danke, Frau", und blickte ihr nachher durch das gardinenverhangene Fenster nach.

Was in den nächsten Minuten dem Mädchen durch den Kopf flog, dürfte wohl nur unschwer zu erraten sein. War ihr mit dieser Frau Grabow Gutes widerfahren oder nicht? Gibt es denn wirklich noch einen Ort, der Fürsorge kennt und Güte? Durfte sie noch einmal aufwachen aus dem Trauma, noch einmal Mensch sein? Oder bis ans Lebensende gehetztes Wild bleiben, frei zum Abschuss? Denn was in letzter Zeit gewesen war, und der schreckliche Schlag der eisenharten Männerfaust, das durfte sich nicht noch einmal wiederholen. Sie wusste nicht, wie entsetzlich entstellt ihr Gesicht war und erschrak so sehr, als sie sich im Spiegel musterte, dass sie aufstöhnte und sich und die Welt verfluchte. Tränen flossen, natürlich flossen Tränen, dick und wie aus voller Quelle. Nicht etwa Tränen des Schmerzes, nein, Tränen unbeschreiblicher Wut auf alle die, die in diesem verteufelten deutschen Land Uniform trugen, schwarze, braune, graue Uniform, vom Kind hoch bis in die Männerjahre. Und die Frauen? Die schienen aus gleichem Holz geschnitzt zu sein, hämisch, glatt und stolz. Stolz? Worauf stolz? Sabina hatte nur Böses erfahren, seit man sie aus ihrer Kinderstube herausgerissen und in die unerbittliche Fremde gestoßen hatte. Seitdem. Sollte ihr wirklich mit dieser Frau, gar mit dieser Familie, eine Tür in eine vergessene, unwirkliche Welt geöffnet werden? Nein, nein, nein! Misstrauen zertrat in ihr jede Hoffnung auf ein neues, noch mögliches Leben.

Lisa Grabow hatte sich ins Haus begeben und studierte die Papiere des polnischen Mädchens, das man ihnen geschickt hatte. Warum gerade sie? Die Frage blieb unbeantwortet. Sabina Kopicka, las sie nun, mit tz auszusprechen, geboren am 15. März 1924 in einem Ort, dessen Buchstaben sie nicht zueinanderbrachte, aber jedenfalls im Kreis Radom. Neben den Personalien stand geschrieben, welche Aufgaben Sabina zu erfüllen habe, dieses und jenes, in fein geschniegeltem und gebügeltem und dennoch plumpem Parteijargon, den Lisa bis auf den Tod hasste, und den man seit Jahren zu lesen sich hatte vorlegen lassen. Nun wusste sie, ach, sie wusste es vom ersten Augenblick an, was mit Sabina auf sie zukam, auf sie, auf ihren Mann und auf den Jungen. Wir werden unsere Verhaltensmuster nicht verändern, befahl sie sich, wer immer auch meint, uns belehren zu müssen. Sabina kam in unser Haus, und was in unserem Haus geschieht und wie es geschieht, ist einzig und allein unsere Sache. W i r bestimmen. Hier, bei uns, wird dieses Mädchen Schutz bekommen. Jawohl, Schutz. Dieses Wort wird der Hauptnenner für all unser Handeln, Reden und Denken sein. Die Weichen sind gestellt.

Sabina indessen ordnete in ihrer Kammer – Zimmer dürfte man zu diesem Gemach wirklich nicht sagen – den wenigen Kram dorthin, wo er künftig seinen Platz haben sollte, die wenige Wäsche, die dringend einer Erneuerung bedurfte, das bisschen Schreibkram, ein wenig dies, ein wenig das. Dann ließ sie sich auf das knarrende Bettgestell fallen, um auszuruhen. Die Augen geschlossen, wanderten ihre Gedanken in die Ferne, weit, weit fort, ins Elternhaus, zurück in die Kindheit, auf die Blumenwiesen ihrer einstigen Freude, da sie als bildhübsches Kind den Eltern einzig Glück gewesen war. Doch immer wieder wischten Szenen über diese Bilder, verzerrten sie und machten Platz den üblen Fratzen, die vor ihren Augen ihren Reigen tanzten, grässlich und gemein. Handgriffe, Faustschläge, Drohungen – diese Wunden brannten schlimmer als der letzte Schlag ins Gesicht, heute früh als Abschiedsgruß. Dieser Schlag, die Wunde wird heilen. Aber das, was im Innersten festgewachsen und blutend schmerzt, das wird, das kann nicht heilen. Nie!

Eine Frage über sich selbst trieb sie um, immer von neuem, die Frage nämlich, ob ein Mensch sich selber seinen Eigenwert schafft oder ob dieser Eigenwert von außen her angetragen wird. Selbstbewusstsein hieß das wohl, oder Selbstwertgefühl? Ich weiß doch, was ich wert bin, was ich gelernt habe, was ich anderen voraushabe, was mir innewohnt. Kenne ich mich selber so wenig, dass ich mich verleugnen müsste? Nein, o nein, ich weiß, was ich mir wert bin und anderen wert zu sein habe. Diesen meinen Eigenwert will ich festhalten wie ein Dieb seinen Raub. Niemals wird mich jemand in die Knie zwingen können, und wenn ich tausendmal geschlagen werde. Ich werde immer wieder aufstehen. Ich bin eine Polin. Noch ist Polen nicht verloren.

Mit solchen Gedanken richtete sie sich innerlich auf. Doch ihre Energie begann zu weichen. Die letzte Nacht war eine Nacht voller Schrecken gewesen. Jetzt forderte die Natur ihr Recht. Sabina sank in einen Schlaf, der ihr die schrecklichen Bilder der Vergangenheit mit sanfter Hand aus dem Bewusstsein strich.

Irgendwann erwachte sie. Sie erhob sich, glättete ihre Kleidung und begab sich hinüber ins Haus. Freundlichkeit hin, Freundlichkeit her, sagte sie sich. Ich werde schauspielern, ich werde ihnen vorgeben, ich verstünde sie nicht, ich werde dumm tun wie ein Huhn und werde doch alles, alles erfassen, was um mich ist. Die Stimme des Misstrauens, sie redete ihre Sprache.

Doch es sollte anders kommen. Inzwischen war der Hausherr, Vater Grabow, wie üblich zum Mittag erschienen. Als er das Mädchen auf dem Flur hörte, ging er ihr entgegen, nickte ihr zu und sagte mit betonter Deutlichkeit: „Dzien dobry".

Sabina, verwirrt darüber, in ihrer Heimatsprache begrüßt zu werden, wusste nicht, wie ihr geschah. Sie knickste vor dem Mann so artig, wie sie es in Kindertagen gelernt hatte. Sein Gruß hatte sie in der Mitte ihrer Seele getroffen. Doch die ihr dargebotene Hand fasste sie nicht. Flammende Röte hatte ihr Gesicht übergossen, erschreckt über ihr Verhalten. Sie schloß die Augen, als sie den Mann sagen hörte:

„Fühlen Sie sich bei uns wohl. Meine Frau hat das Essen bereit. Sie wird es Ihnen geben. Viel ist es nicht, der Krieg, Sie wissen es selbst. Aber hungern sollen Sie bei uns nicht."

Was war das? Mit Sie hat der Mann mich angeredet? Habe ich mich verhört? Sag, Herz, dass ich mich verhört habe, schrie es in ihr auf. Oder gibt er mir ein Stück meiner Selbst zurück? Nein, das kann nur ein Irrtum sein.

Verstört begab sie sich in die Küche, wo auf eingedecktem Tisch der Teller bereitstand, und Mutter Lisa tat ihr eigenhändig auf, wobei sie sagte, sie würden miteinander teilen, was der Familie zustünde, aber sie bräuchte ihre Lebensmittelkarten, denn ohne die Zuteilungskarten käme sie in Schwierigkeiten.

Nachmittags wurde ihr der Sohn des Hauses vorgestellt, Horst, ein blonder Junge mit fröhlich abstehenden Ohren, halb Kind noch, halb Jüngling. In dem Alter, in dem Horst sich befand, war es nicht ganz leicht, den Stand des Mannwerdens zu benennen. Mit raschem Blick überflog Sabina den, der vor ihr stand. Horst beäugte auch seinerseits die Fremde, grinste sie an, nickte und sagte: „Prima. Aber das P brauchst du bei uns nicht zu tragen. Das ist nicht in unserem Sinn."

Die Mutter zog ihn fort und erklärte, die Sabina verstünde die deutsche Sprache nicht, er könne sich solche Worte sparen. Sabina aber hatte alles verstanden, bestens verstanden. Nun war sie aufmerksam geworden. Sollte der Eindruck der ersten Stunden sich wirklich als wahr erweisen? Vorsicht war geraten. Sie tat sehr klug daran, sich nicht zu entdecken. Zwar gab sie zu, der Junge sei niedlich und nett, gewiss, was aber heißt das schon in diesem Land. Jeden weiteren Gedanken über diesen Horst schob sie beiseite. Unsinn. Außerdem, was wird er über ihr verschrammtes Gesicht denken. Ach, ist auch egal. Lass es gehen, wie es will.

Horst befragte die Mutter danach. Diese klärte ihn auf. Der Junge reagierte auf seine Art. Er ballte die Fäuste und fauchte, diese Saubande müsse man aufhängen, allesamt.

Horst war ein für alles Gute aufgeschlossener Junge.

Mit wachen, für sein Alter erstaunlich reifen Sinnen betrachtete er die Geschehnisse mit äußerster Deutlichkeit. Sind in früheren Jahren, in denen geborgener Kindheit, Meinungen der Eltern über dies und das zur Grundlage seiner Charakterbildung geworden, setzte er seit einiger Zeit eigene Beobachtungen zu jenem Gebäude zusammen, über die er sagte: Ich denke eben so, sie sind die Frucht meiner Erfahrung.

Dagegen war nichts einzuwenden.

Zu bedenken wäre jetzt die Zeit, in der der Junge zu gewissen Anlässen gezwungen war, Uniform zu tragen. Zuerst, als er noch jünger war, eine schwarze, in weiteren Jahren eine braune. War sie ihm auch zutiefst zuwider, er trug sie, wenn gefordert, und gewöhnte sich mit der Zeit an diese, wie er sagte, schäbige Kluft. Es wird wohl immer so sein, wie sich im Lauf der Zeit eine Gewöhnung einschleicht und Gefühle absterben und verdorren lässt wie Zweige an einem einst grünenden Baum. Es sei denn, ein Mensch erwacht, getroffen von einem jäh unter die Haut fahrenden Blitz, der inneres Dunkel erhellt. Und eben dieser Blitzschlag fuhr in ihn durch die Begegnung mit dem Mädchen aus Polen.

Horst war fünfzehn Jahre alt, als das geschah. Mädchen, wer immer es auch war, hatten für ihn bislang keine Bedeutung gehabt. Sie liefen neben ihm her, denn Jungengemeinschaft war gefordert, allein schon bedingt durch die seinerzeit noch gepflegte Geschlechtertrennung in den Schulen. Seine Gruppe bildete ein kleiner, aber feiner Freundkreis.

Nun aber – ei ei, was war denn das? – Was kribbelte neuerdings für ein eigenartiges Gefühl unter den Rippen?

Da war plötzlich das Andersartige, das ihn verwirren wollte, ein Mädchen in der Küche, eine frauliche Erscheinung. Erstmalig hier, in seiner Wohnung, im Haus an der Kastanienallee. Da war etwas so leicht nicht wegzuwischen, da drang etwas irrlichternd ins Blickfeld und ging ganz heimlich vor ihm her. Komisch.

Dagegen fand er gar nicht komisch, wie es ihn in den Garten trieb, die Blüte einer der quittengelben Ringelblumen abrupfte, um ihr Stengelchen in das Schlüsselloch von Sabinas Kammertür zu stecken. Nur so, sagte er sich. Nur so?

Sabina Kopicka, das polnische, dienstverpflichtete Mädchen war also im Grabowschen Haus und hatte sich dort zurechtzufinden, und die Grabows mit ihr. Nach und nach schwand das Unansehnliche aus ihrem Gesicht, die Haut glättete sich, die Augen gewannen und wurden wohl wert, angeschaut zu werden. Vater Grabow empfand das wohl, sagte dies auch seiner Frau, denn, wie er meinte, zeichne sich in dem Gesicht des Mädchens – Lisa möchte sich bitte keine dummen Gedanken machen, wenn er so was sage – in dem Gesicht des Mädchens ein stillvergrabenes Geheimnis zu einem schönen Bildnis. Polinnen trügen allgemein solch Geheimnis mit sich, sagte er, aber die Augen? Wie Marmorkugeln, und die Haare, welch tiefschwarze Pracht. Er wolle keine Vermutungen ausplaudern, aber Sabina stelle wirklich nicht den uns geläufigen Polentypus dar.

Lisa Grabow blickte ihren Mann von unten an, ein wenig schelmisch, ein wenig nachdenkend, sagte aber, dass uns das in keiner Weise bekümmern sollte.

Zum Wochenende empfahl Lisa dem Mädchen, sie

möchte die Badewanne benutzen, und reichte ihr Handtuch und Seife. Ein Angebot wohl weniger der Zuneigung, als vielmehr der dringenden Notwendigkeit.

Ein Bad, jubelte Sabina, ein richtiges Bad seit mehr als zwei Jahren. Sie streckte sich aus, genoss die Stunde und bedankte sich nachher mit einem akkurat deutsch gesprochenen „Dank, Frau Grabow". Lisa horchte auf, einen kurzen Augenblick nur. Dann meinte sie, Sabina möchte sich an jedem Sonnabend darauf einrichten, auf Absprache, sie badeten ja auch.

Verständlicherweise drängte sich das Thema Sabina Kopicka immer wieder in die Gespräche der Eltern, weil denn die Umstände, die der Alltag aufwarf, stets von neuem Anlass dazu gaben. Die beiden fühlten sich, jeder in seiner Art, gefordert. Der eine in väterlicher, die andere in mütterlicher Weise. Mögen elterliche Gefühle vielleicht übertrieben scheinen. Mag sein. Wenn man jedoch bedenkt, ein junger Mensch, sozusagen verwaist, einer Kohorte verbohrter Machtidioten ausgeliefert, da muss einfach eine schützende, eine bewahrende, eine bevormundende Engelwacht gestellt werden. Engelwacht. So nannten die beiden es und taten auch recht daran. Denn dies, genau dies entsprach den beiden, wie ihre Haltung beweisen wollte. Sabina, sicher katholisch erzogen, was aber störte das. Die Grabows wussten sich evangelisch eingetragen, zwar nicht in aktiv kirchlichem Gewohntsein, aber fest gefügt im Sinn einer christlichen Gewissensführung. Ein weites Feld, das zu bestellen gerade in jenen Jahren gemeinster Denunziationen äußerste Wachsamkeit erforderte. Und bei den Grabows gab es nun mal kein Wenn und kein Aber.

Engelwacht? Spürte Sabina etwas davon, wenn sie mit winzigen Freundlichkeiten bedacht wurde, etwa mit einem Stückchen Schokolade aus alten Beständen. Oder mal eine kleine Streicheleinheit über die Schulter, oder wieder mal ein Blütchen im Schlüsselloch ihrer Türe? Natürlich spürte sie das und es tat ihr unendlich wohl. Doch hütete sie sich, ihr Geheimnis, das des mangelnden Sprachverstehens, preiszugeben, was der Anstand eigentlich gefordert haben sollte.

Ja, es tat ihr unendlich gut, und sie bedachte, wie ihr Leben in diesem Haus sehr gegensätzlich hätte sein können.

Eines aber konnte sie wirklich nicht mit ansehen, ja, es schmerzte sie, und sie nahm sich vor, bei passender Gelegenheit mit Horst über dieses eine zu sprechen, das sie ärgerte. Denn immer wieder lief er mit dieser schrecklichen Uniform herum, an der das Hakenkreuz prangte. Denn in dieser Dressur kam er zu ihr ins Zimmer, oder sie begegneten sich im Haus. Ihr aufgenähtes P und sein aufgenähtes, aufreizendes, allgegenwärtiges Hakensymbol, die bissen sich doch. Das eine, ihr P, ein Stempel, einem Stigma gleich, das andere eine einzige Blasphemie, Zeichen menschenverachtender Macht. Die Gelegenheit, Horst darüber ein paar gehörige Worte unter die Nase zu reiben, ergab sich bald. Doch die Art, in der sie ihre Wut über diese Tatsache ausspie, brachte den Jungen in peinliche Verlegenheit.

„Ich weiß, Sabina, ich weiß“, stammelte er. „Was aber soll ich denn machen! Ich muss doch. Wir alle müssen.“

„Was musst du?“, fragte sie und durchbohrte ihn mit ihrem Blick, sozusagen.

„Frag nicht“, wehrte er ab, „das ist doch nur äußerlich.“

„Dann kehre bitte dein Inneres nach außen, damit ich weiß, was ich von dir zu halten habe.“

Dieses Gespräch war möglich geworden, nachdem Sabina sich den Grabows zu erkennen gegeben hatte. Als ihr nämlich deutlich geworden war, in diesem Haus gehe es rechtschaffen zu bis auf den Grund. Für sie war es an der Zeit, das Schauspiel, sie verstünde die deutsche Sprache nicht, zu beenden.

Als sie an jenem Tag Frau Grabow im Musikzimmer allein wusste, trat sie zu ihr, richtete sich auf, legte wie im Gebet die Handflächen aneinander und sagte in fließendem Deutsch, wenn auch der polnische Akzent stark hindurchleuchtete, sie habe die liebe Frau Grabow die ganze Zeit belogen, sie könne das aber nicht weiter tragen, seitdem sie erfahren habe, wie ehrlich sie alle es mit ihr meinen und dass in diesem Haus nicht schwarz in weiß verkehrt würde. Die Erfahrungen, die sie bei anderen Leuten gemacht habe, hätten sie vorsichtig sein lassen. Nun sie aber wisse und und und, und sie wolle sie nie wieder hintergehen. Ein zweites Mal aber hätte sie eine Behandlung wie damals bei dem SS-Offizier nicht ausgehalten.

Lisa bekam bei solch einem Geständnis nasse Augen. Um aber ihre Rührung, nein, starke innere Bewegung nicht merken zu lassen, trat sie auf das Mädchen zu, berührte sie sanft an den Schultern und sagte nur, dass alles gut sei und sie solle sich deswegen kein Gewissen machen. Ihr Mann und sie selber hätten längst etwas gespürt. Schmunzelte auch darüber, bat sie aber, künftighin in allen Teilen ehrlich zu sein, sie wären es schließlich auch.

Von diesem Tag an durchzog ein neuartiger Klang das

Haus. Sabina, befreit von einem inneren Druck, begann zu singen. Und sie sang bald, wo sie ging und stand, bei der Arbeit, im herbstlichen Garten, in ihrer Kammer. Und sie sang in einer Weise, als erfreue sie sich selber an ihrer wiedergefundenen Stimme, die sie lange, sehr lange hatte verstecken müssen.

Gewiss, der Klang ihrer Stimme war nicht der Erna Bergers oder Elisabeth Schwartzkopfs, und doch schwang ein verborgener Charme darin, der aufhorchen ließ. Freude sprang ans Licht, Wehmut, Seele. Und diese Innerlichkeit untersagte jedes Belächeln. Manchmal kam es Lisa an, wenn sie Sabina heimlich nachlauschte, als sänge das Mädchen nicht nur polnische Weisen. Lisa war Musikerin, sie kannte sich aus. Hier war nicht immer nur polnisches Volkslied, Heimatton, slawische Melodie. Manches klang erstaunlich fremd, dem Osten zugewandt, fremd und sehr sonderbar, fast zum Bewegen, zum Tanzen reizend. Derartige Gesänge hatte Lisa noch nie gehört. Um aber Sabina nicht ihre Unbefangenheit zu rauben, befragte sie sie nicht darum.

Horst hingegen setzte sich gerne zu ihr, um sie zu hören. Aber das gefiel dem Mädchen nicht. Billig ihre innersten Gefühle auf den Markt zu tragen, das war nicht ihre Sache. Und was verstünde der Junge wohl von dem Maß ihrer Sehnsucht, ihres Heimwehs, welche in ihren Liedern mitschwangen, als trügen sie sie davon.

Durch ihr Singen befreite sich Sabina von ihren Ängsten. Sie begann wieder zu lachen, machte hier und da ihre kecken Witzchen und lebte auf in einer Art, als sei sie neu geboren. Neuerdings hielt sie sich an den Musikabenden länger in der Küche auf, als an den anderen Tagen. Dann lauschte sie der Musik, die drinnen erklang, gute, und gut gespielte Werke der Meister vergangener Jahrzehnte, saß da, den Kopf in die Hände gelegt, um zuzuhören, still und mit hungernder Seele. Einmal überraschte Frau Lisa sie, was der Sabina recht peinlich war und sie suchte Worte, sich zu erklären. Frau Grabow nahm sie daraufhin einfach an die Hand und zog sie in das neben der Musikstube gelegene Zimmer, wies sie an, es sich hier bequem zu machen und riet ihr, wenn sie es gerne habe, solle sie ungeniert dienstags hier sein dürfen. Hier höre es sich besser zu und sie störe hier niemanden. Außerdem meinte sie, Musik und Küchengerüche würden doch nicht gut zusammenpassen. Fragte aber auch, warum sie nicht schon lange gesagt habe, wie sie Musik entbehre und ob das ein gewisser Nachholbedarf wäre, wie sie annehme. Sabina sagte darauf, ja, sie brauche die Musik, sie wisse nicht warum, aber sie brauche sie. Die Wurzeln dessen lägen wohl in ihrer Kinderstube.

Eines Tages, als sich Sabina im Haus allein wähnte, ging sie, heimlich wie ein Dieb in der Nacht, ins Musikzimmer, trat an das Klavier, hob den Deckel und suchte mit einem spitzen Finger eine Melodie zusammen. Einstimmig erst und zaghaft, so als täte sie etwas Böses. Weil es aber still im Hause war und niemand hinter einer Tür lauschte, wie sie meinte, zog sie sich mit einem Fuß den Klaviersessel unter den Dubs, setzte sich und begann zu spielen, ein Lied, noch ein Lied und noch ein Lied. Und dann kam es über sie mit Macht. Als öffne sich das Tor einer verborgenen Welt und gebe ungeahnte Schätze frei, das längst Vergessene erlebte eine Auferstehung. Sabina fand den Anfang einer der Chopinschen Polonaisen, das Gedächtnis der

Ohren und der Fingermuskeln begann zu erwachen und sie ließ den Fingern ihren Lauf, einst eingeübt, vor langer, langer Zeit, unter Aufsicht ihres Professors. Sabina spielte wieder Klavier, wenn auch nicht brilliant, nein, das konnte man auch nicht erwarten, aber doch mit einer lustvollen Freude, eines der mit Eifer studierten Werke des polnischen Meisters. Sabina spielte, und sie spielte nur für sich allein. Vergaß sich, verträumte Zeit und Stunde und vernahm nicht die Bewegung hinter sich, das Nahen dessen, der lange hinter der Tür gelauscht und ins Zimmer getreten war. Sabina erschrak heftig, als sie seiner gewahr wurde und sah ihn böse an. Sagte, sie liebe keine solche Überraschungen, nächstes Mal solle er nicht so heimlich tun. Horst protestierte, so hätte er es nicht gemeint und bat, sie möchte doch weiterspielen, Lieder und so, er fände das prima, und sie möchte singen, bitte.

Nicht unter diesen Umständen, setzte sie entgegen und riet ihm, kein Wort darüber zu sagen. Sie würde es auch nicht wieder tun, hier eindringen und und und ... Stand auf und ging hinaus.

Nun gibt es doch wohl kein Geheimnis, das nicht irgendwann einmal offenbar wird. Wie denn der Dichter sagt, die Sonne bringt es an den Tag. Der auf diese Begebenheit folgende Sonntag war dem Kalender nach der erste Sonntag im Oktober, als Erntedanktag bei den Christen bekannt. Die Nazis begingen ihn mit Bravour und Trommelschlag, großen Reden und Getue, die Grabows aber auf ihre Weise. Man könne, sagte Vater Grabow, einen Erntedanktag eigentlich nur mit schuldvollem Gewissen begehen, angesichts des Elendes in der Welt. Es sei denn, man entlaste sich ein wenig durch das Teilen von

Hab und Gut mit denen, die um uns sind. Alles andere wäre Betrug, wäre sogar Selbstbetrug. Mit dieser wohl zu verstehenden Begründung taten sie etwas, was sie nach den Verordnungen niemals hätten tun dürfen. Sie nahmen ihr polnisches Dienstmädchen hinein in die Tischmahlzeit und, innerlich selber von diesem Augenblick bewegt, faltete Vater Grabow, was er sonst nicht zu tun pflegte, die Hände und sprach Gott gegenüber einen Dank aus, einen Dank, der all das einschloss, was noch an Gutem in dieser schrecklichen Zeit zu nennen war. Dank für das tägliche Brot und für die bisherige Bewahrung.

Nun, das war das Eine, und das sollte wohl zu nennen nicht vergessen werden. Ein anderes aber drängte sich ins Gespräch. Horst, ein bisschen vorlaut, wie es sonst seiner Natur nicht entsprach, erwähnte, wie schön Sabina Klavier spielen könne, er habe es gehört, Friedrich Chopin und so.

Sabina blitzte ihn an. Vater Grabow fragte, ob das stimme. Nein, sagte sie. Doch, sagte Horst. Nein, sagte sie, nicht Friedrich Chopin, sondern Fréderic Franciszek Chopin. Ihr Professor hat sie gelehrt, die Deutschen klauen alles, auch Namen machen sie deutsch, und Chopin ist Pole. Immer noch. Geboren in Zelazowa-Wola.

Professor? wollte Vater Grabow wissen, denn sie könne doch noch nicht studiert haben in ihrem Alter. Sie sei doch erst sechzehn oder noch jünger gewesen, als man sie aus dem Haus geholt habe.

Nun war für Sabina die Stunde gekommen, ein still gehütetes Geheimnis aufzudecken, ein zweites Geheimnis, nämlich das ihrer Herkunft. Und so erzählte sie von ihrem Vater, einem guten Mann, der sie am Klavier unterrichtet habe. Er sei Schullehrer für Deutsch und Musik gewesen und von ihm habe sie viel gelernt. Doch sei dieser nicht ihr natürlicher Vater gewesen. Der sei auf sonderbare Weise verschwunden, sei eines Tages nicht nach Hause zurückgekehrt, er und viele andere. Sie habe ihn kaum richtig kennengelernt. Und der Professor Szapinsky habe später den Klavierunterricht übernommen, um sie für die Aufnahmeprüfung in Lodz vorzubereiten, dem Sprungbrett für die Hochschule in Warschau. Aber, naja, dies blieben alles nur Träume. Die sind zerbrochen. Eigentlich wollte sie später Dolmetscherin werden, weil ihr der Vater gesagt habe, mit Musik könne man sich keinen Lorbeerkranz mehr verdienen, es gäbe zu viele gute Musiker. „Naja, und dann kam ja alles anders. Die Deutschen haben mir damals mein Leben zerstört, sie haben mich tot gemacht." Sie frage sich aber, ob sie sich damit abfinden müsse, sie wäre doch auch ein Mensch, der leben wolle. Wenn sie verstünden, was sie damit meine.

Still war es daraufhin im Zimmer, so still, als befände sich niemand im Raum. Der Mutter zuckte es um den Mund, Horst blickte auf seinen Teller und begann zu verstehen, was zerstörtes Leben heißt. Schließlich sagte Vater Grabow, soweit es an ihnen läge, wollen sie nach Kräften in diesen arg verrückten Zeiten helfen, wie sie ihr Leben, wenn auch nur bruchstückhaft, wieder in die Hand bekäme. Muthaben, durchhalten sei die Devise, auch wenn es unmöglich zu sein scheint. Sie alle hier ständen ja bald vor einem ähnlichen Dilemma, denn der Wahnsinn kenne anscheinend keine Grenzen.

In Horst schien von diesem Tag an eine neue Saite zum Klingen gekommen zu sein. Es zog ihn, Sabina zu begegnen mehr und mehr. Jedoch vermied er es, dabei ertappt zu werden, so, als beginge er etwas, was das Licht scheuen müsse.

Mittlerweile hatte sich der Herbst ausgelebt, ein Winter mit seinen Unbilden wartete bereits vor der Tür, umwehte das Haus und drang mit seiner eiskalten Zunge in die kaum heizbare Kammer Sabinas ein, wo sie an den Abenden am Eisenofen hockte, die Beine angezogen und stickte, nähte oder sonstwas tat. Wenn Horst dann, still wie der Kater zu seinen Mäusen, zu ihr hinüberschlich und sich zu ihr setzte, erfreute sie sich an seiner Gegenwart. Sie öffnete sich ihm in ihrer Weise, erzählte von früher, ihrer Kindheit, dem elterlichen Schulhaus und verlor sich in dem, was nicht mehr war. Als der Junge sie bat, ihn ein bisschen in der polnischen Sprache zu belehren, nahm sie das mit Freuden an. Es sollte auch nicht lange währen, da fand er sich in manchen Wendungen gut zurecht, lernte die Grüße der Tageszeiten zu verwenden und den tiefen Sinn des Rufes Jeszcze Polska nie zginła zu begreifen – noch ist Polen nicht verloren – und Sabina bat, es sehr deutlich auszusprechen.

Die beiden hatten so manches miteinander zu bereden und sie verstanden sich, wie junge Menschen es gewöhnt sind, in Rede und Gegenrede. Der Themen waren viele. Sabina fragte einmal, und er sollte ihr auf Ehre und Gewissen Antwort geben, was er von ihr hielte, ob sie bei ihm Waschfrau und Putzweib wäre oder was, oder ob er in ihr einen vollwertigen Menschen erkenne.

Horst fand diese Frage idiotisch und völlig überflüssig. Sie, Sabinka, sei prima, sie wäre für ihn keine Polin mit dem dämlichen P am Mantel, sondern seine kochana Sabinka, seine liebe Freundin. Ob sie das nicht wisse, und warum sie danach frage.

„Kochana Sabinka", entfuhr es ihr. „O Horst, wie du das sagst! Sag das nochmal, ja? Ich habe dieses Wort, weißt du, seit dem Tag nicht mehr gehört, an dem sie mich geholt haben."

Da geschah, was geschehen musste. Horst rückte so dicht an das Mädchen heran, dass er sie fühlen konnte, legte seinen Mund an ihr Ohr und hauchte: Kochana Sabinka. Dann drückte er sie an sich und einige Atemzüge lange berührten sich ihrer beider Wangen, warm und wohltuend. Zum ersten Mal in seinem Leben nahm der Junge den Atem wahr, der aus den Lippen eines Mädchens ging, als sie den seinen nahe kam. Ein einziges Mal nur. Dann rückte sie von ihm ab und hob die Hände, als wollte sie sich gegen etwas Unsichtbares wehren. Horst, sagte sie, Horst, Hakenkreuz und P, die beiden vertragen sich nicht. Und sie flehte ihn an, er möge diese gefahrvollen Sekunden ihrer beider Geheimnis bleiben lassen. Oh, wenn das herauskäme!

Brachte die Sonne auch dieses an den Tag? Mutter Lisa musste wohl an dem Verhalten ihres Jungen etwas gespürt haben, was sie nun gedankenvoll verfolgte. Sie zog ihn sich zur Seite und sagte ihm auf den Kopf zu, dass er wohl eine Schranke überschritten habe, die zu ignorieren für alle im Haus, nicht nur für ihn und Sabina, zum Verhängnis werden könne. Er solle sich das wohl überlegen. Er läse doch selber in den Zeichen der Zeit, wie es stünde um sie alle. Sie versprach, sie würde mit Sabina nicht darüber reden, werde aber auf ihn, ihr Söhnchen, ein wachsames Auge werfen.

Die Tage liefen weiter dahin, still, konsequent, wie das Ticken der Uhr. Böse Nachrichten lösten einander ab, von einem Sieg wurde schon mit verhaltener Ironie gesprochen, der Schnee bedeckte Gärten und Straßen, und die Welt steuerte auf das Weihnachtsfest zu, besser gesagt auf die Weihnachtstage, denn von einem Fest durfte ja wohl kaum noch die Rede sein. Was sollte man denn feiern?

Wenige Tage vor dem Vierten Advent nämlich war über die Stadt die Hölle gefallen, so als wäre sie Sodom und Gomorrha. Mitten in der Nacht durchriss das ohrenbetäubende Geheul der Alarmsirenen die Stille, die über den Dächern lag. Ein Ungewitter zog sich zusammen, Motorengedröhn über den um ihr Leben rennenden Menschen, flüchtig bekleidet nur, und schon fing es an, das Pfeifen, lauter, drohender, und dann die höllischen Knalle, das Rauschen zusammenstürzender Häuser, brandenden Wogen an Felsenklippen gleich, dazu das helle Klingen aufschlagender Granatsplitter auf dem Straßenpflaster. Die Grabows schafften es noch in letzter Sekunde, den im gegenüberliegenden Hause sich befindenden Keller zu erreichen. Die Bomben hatten sich ihre Ziele in nächster Nähe gesucht und wehe dem, der nicht jetzt ein Dach über dem Kopf hatte. Im Keller hockten sie zusammen, etwa vierzig Männer, Frauen, Kinder und Alte, fragend mit dem Ohr zum Himmel, die Gesichter voller Angst, verdammt zum tatenlosen Abwarten. Warten worauf? Irgendwann schien es draußen zur Ruhe kommen zu wollen, das Dröhnen ließ nach. Notbeleuchtung im muffigen Raum ließ zaghaft neuen Mut aufglimmen, zu hoffen, noch einmal davongekommen zu sein. Aber da stand einer, ein dürres Gestell Mann, der überall sein Wörtchen meinte mitreden zu müssen, der typische Vertreter jener, denen das Maul nicht groß genug sein konnte. Dessen Blick fiel plötzlich auf Sabina, er zeigte mit dem Finger auf sie und rief, solche Menschen sollten nicht mit ihnen den Raum teilen dürfen. Man schwieg, man sagte nichts, aus Vorsicht? Der Kerl drückte nach und forderte die Entfernung des Mädchens aus dem Schutzraum. Man schwieg, man sagte nichts. Vater Grabow fasste Sabinas Hand und drückte sie fest. Das hieß, sie möge diesen Quatschkopf reden lassen, der wäre nicht richtig im Kopf. Als dieser seiner Forderung aber Nachdruck verlieh mit Worten wie Pack und Gesocks und diese Polen wären an allem schuld, sie hätten den Krieg über sie gebracht, vermochte Mutter Lisa nicht mehr an sich zu halten. Mitten in dessen schon unvergebbaren Beleidigungen, auch Grabows gegenüber, sprang Lisa auf ihn zu, packte ihn am Mantel und schrie ihm ins Gesicht mit einer Stimme, an Hysterie grenzend, er solle auf der Stelle sein dreckiges Maul halten, sonst würde sie ihm eigenhändig ...

Was sie hatte sagen wollen, erstarb im Knall einer Explosion. Das vierstöckige Wohnhaus war getroffen worden. Rauschen, Rollen, Schüttern ... die Etagen fielen in sich zusammen und begruben, was unter ihnen war. Staub, lichtlose, schreckliche Dunkelheit. Der Tod kann nicht so furchtbar und schrecklich sein wie dieses Lebendig-Begrabensein. Das, was sich hier in den nächsten Minuten ereignet hat, möchte um seiner Schrecklichkeit willen verschwiegen werden. Wie die Grabows, die Eltern, Sabina und Horst, so gut wie unversehrt nach langem Herumirren ins Freie geraten waren, wussten sie selber nicht zu sagen. Von dem Mann aber im Keller, der sich der

Luftschutzwart nannte, wusste man mehr. Mit eingeschlagenem Schädel, vermutlich von einem Balken oder Stein getroffen, zog man ihn Tage später ans Licht und begrub ihn mit tausend anderen, rasch und ohne Aufsehen.

Das kleine Haus in der Kastanienallee hatte dank des Schutzes der großen Bäume den Druckwellen der Detonationen standhalten können. Zerbrochene Scheiben wurden rasch durch Pappe ersetzt und die Zimmer behelfsmäßig hergerichtet. Horst hatte aus dem Wald einen bescheidenen Tannenbaum gekauft. Es sollte doch Weihnachten werden. Trotz Krieg. Trotzdem!

Mit wenigen Kerzen versehen flüsterte das Bäumchen etwas von dem, was hätte sein können, was aber nicht war. Über Geschenke braucht nicht gesprochen zu werden. Friede auf Erden und den Menschen ein Wohlgefallen wurde zu einem musealen Wort, das in der Bibel stand, das in anderen Sphären wohnte. Und doch unterschied sich dieser Abend von allen anderen des Jahreslaufs. Er trug sein eigenes Gesicht, auf den Flügeln der Musik fand er seine Form, seinen Weg und Platz. Selbstverständlich gehörte Sabina an diesem Abend zu ihnen wie ein Glied der Familie. Und in welcher Weise feierten die Grabows diesen unheiligen Heiligabend? Mutter Lisa saß am Klavier, Vater hatte das Cello genommen, und dann wurde musiziert. Was wohl anderes? Da gab es die hübschen Variationen Mozarts über die Melodie des ‚Morgen kommt der Weihnachtsmann', da gab es die Variationen Beethovens über Händels ‚Tochter Zion' aus Judas Maccabäus, da gab es schlichte, einschmeichelnde Lieder, Weisen, die der Romantik entnommen, über die Schrecken der Zeit hinwegzuträumen halfen. Sabina schwieg, kannte sie doch diese Lieder nicht. Aber sie lebte mit ihnen, und auch das war schön. Doch dann, als jenes Lied, das seinen Weg durch die Welt und in vielen Sprachen gefunden hatte, das jener stillen, heiligen Nacht, da brach etwas auf, etwas Ungeahntes. Die ersten Töne dieses Liedes erklangen, da stimmte Sabina ein und sang, und ihr scharfer Mezzosopran blieb für Augenblicke die einzige Stimme im Zimmer: „Cicha noc, szwienta noc“, Stille Nacht in ihrer Heimatsprache, wie sie es als Kind gesungen hatte, Jahr für Jahr, bis man sie … Aaach! Schon schossen Tränen über die Wangen, aus heißer Quelle strömend, tropften auf die Kleidung und waren nicht mehr aufzuhalten. Die Stimme brach, die Kehle schnürte zu wie unter hartem Handgriff, Sabina stürzte zur Tür und lief hinaus aus der Stube und hinterließ schmerzhafte Befangenheit.

„Müssen wir verstehen“, meinte Vater Grabow sagen zu müssen und warf, als erkläre er Konkurs, die Arme auseinander. „Nach alledem, was sie hat durchstehen müssen. Wissen wir, was uns noch bevorsteht?“

Auf Lisas Frage, ob sie ihr nachgehen solle, riet er, es wäre für sie besser, jetzt mit sich allein zu sein. Stille um sie wäre jetzt die richtigere Medizin.

Dem Horst aber sprang das Herz aus den Sielen. Frage niemand warum. Er wüßte es wohl selber nicht. Sie muss doch nicht gleich heulen. Und das soll Weihnachten sein? Er müsse mit ihr reden, ganz bestimmt. Und als er nachher sicher war, die Eltern wären zu Bett gegangen und schliefen, schlich er aus dem Haus, hüpfte hinüber und klopfte leise an Sabinas Kammertür.

Hatte sie ihn erwartet? War sie sich so sicher, dass er

kommen würde? Angekleidet saß sie da, mit fragenden Augen blickte sie ihn an, Augen, die ihre eigene Sprache redeten. Sie sagte nichts, kein Wörtchen sagte sie, stand nur auf, trat ihm entgegen und schlang ihre Arme um ihn, fest, ganz fest. Wange an Wange gelegt verharrten die beiden dann, ohne auch nur einen Finger zu rühren, viele Minuten, unbeweglich. Plötzlich aber, als sei ihr ein Schrecken angekommen, löste sie sich von ihm, drückte ihn auf den Stuhl und baute sich vor ihm auf wie ein Standbild. Und mit gepresster Stimme brachte sie heraus, sie müsse wieder eine Lüge gestehen, aber dies sage sie nur ihm, nur ihm allein. Sie trüge ein Geheimnis mit sich herum, ein heiliges Geheimnis, das in ihr laste, das sie preisgeben müsse. Horst sei so lieb zu ihr, sie könne, sie dürfe ihn nicht belügen. Da fragte er, was in sie gefahren wäre, sie könne ihm doch alles sagen, er könne doch sein Maul halten.

Einen Augenblick sah sie ihn an, als sähe sie durch ihn hindurch. Dann riss sie seinen Kopf an ihre Brust, drückte ihn, strich über ihn wie über den Kopf eines Kindes, und Horst hörte den heftigen Schlag ihres Herzens. Dann sah sie ihn an und sagte, und auf ihrer Stimme lag es wie ein Stein:

„Damit du's weißt, Horst. Ich bin Jüdin. Jüdin, verstehst du? Mein Name, meine Papiere sind falsch. Ich trage einen anderen Namen. Mein erster Vater war deutscher Jude. Ich habe ihn nie, nie vergessen können. Und nun du das weißt, kannst du mich verdammen. Schmeiß mich weg, du, wie die andern es auch tun. Los, weg, weg mit der jüdischen kochana Sabinka."

„Das ist mir doch drecksegal! Du bist meine Freundin,

du bist meine erste Liebe, du, du, du." Und schraubte seine Arme wie eiserne Zangen um sie, wie um sie niemals mehr zu lösen.

Sabina Kopicka, verdeckt unter diesem angenommenen Namen, geführt als polnische Zwangsarbeiterin in einer sie stetig verfolgenden Liste, jüdischer Abstammung, unter dem Zeichen des Hakenkreuzes mit einem diffamierenden P lebend, ihr Herz einem Jungen zugewandt, der mit diesem bösen Zeichen gefährlich jonglierte. Gab es Verwirrenderes unter Gottes Himmel?

Wenige Tage nur währte dieses heimliche Glück. Unmittelbar nach Neujahr hatte das „Amt" zwei Frauen geschickt mit dem Auftrag, das Mädchen, die Polin Kopicka zu holen. Die Verträge mit der Familie Grabow hätten ja den Wortlaut ‚bis auf Widerruf' zum Inhalt. Es gäbe, sagen die Frauen, Verfügungen, an die sich jeder zu halten habe. Eine Begründung indessen gab es nicht. Jedes Widersetzen wäre von vornherein unsinnig gewesen. Der Mensch hat zu gehorchen. Eine halbe Stunde zum Packen ihrer Sachen gestand man dem Mädchen zu, eine Zeit, die die Frauen im Grabowschen Haus zu warten hatten. Nicht in einem der leidlich erwärmten Zimmer. O nein, sondern draußen im kalten Flur, dort durften sie stehen, die beiden.

Wie eine halbe Stunde verrinnen, verrauschen, ersterben kann, das weiß nur der zu sagen, dem sie als Gnadengeschenk verliehen wurde. Vater Grabow war nicht im Haus gewesen, als das geschah. Er erlebte Sabinas Auszug nicht mit. Horst, weil noch Zeit der Schulferien, schnaubte vor Wut und Zorn, und er hätte die beiden Weiber am liebsten in Stücke zerrissen, zerhackt und gevierteilt. Für einen Augenblick fanden die beiden jungen Menschen zusammen. Es kann hier nicht wiedergegeben werden, weder mit Worten noch mit noch so mitfühlenden Schriftzeichen, wie sie, Kopf an Kopf gelegt, jeder seinen Schmerz ausheulte, wie eine Hand die andere suchte, wie Sabina ihrem Freund ins Ohr gab:

„Schalom, kochani Horsti, schalom. Wir werden uns nie wiedersehen. Schalom."

Und sie sollte Recht behalten.

Sabinas Weg zu verfolgen, wohin man sie gebracht hat, was man ihr anzutun gedachte, das zu erfahren war nicht möglich. Das „Amt" schwieg sich aus, tat dumm und erhaben. Und nur langsam sickerte aus einem verborgenen Kanal das Gerücht, mehr als Vermutung denn als Wissen: die Szene seinerzeit im Luftschutzkeller habe aufmerken lassen und bei den Genossen verdammten Ärger hervorgerufen. Die Polin hätte es sich selber zuzuschreiben und außerdem – man habe die Grabows schon seit längerem auf dem Quivive.

Heute aber wissen wir, und das aufgrund archivalischer Nachforschungen, dass Sabina Kopicka die letzten Kriegsjahre überlebt hat. Eine Spur führt nach Schlesien. Von dort hatte sie nach ihrer Heirat und unter Annehmen des Namens ihres Gatten Europa verlassen, um in Kanada Wohnung zu nehmen. Darüber hinaus aber war nichts mehr zu erkunden. Und die Kastanienallee trägt seit langem den Namen des polnischen Poeten Adam Mickiewicz.

Der Hausverwalter

Da gab es eine Stadt, irgendwo oben im pommerschen Land, und in dieser Stadt gab es eine Kirche, und zu dieser Kirche gehörte ein Pfarramt, in dem ein Pastor geschäftig wirkte. Man kennt das ja. Und wer ein tüchtiger Pastor ist, der hat auch tüchtig zu tun. Und wenn ihm eines Tages die Arbeit über den Kopf wächst, was nicht selten der Fall ist, bestellt er sich eine Hilfe in Gestalt eines Vikars, eines Pastorlehrlings, einen, der sich als belastbar erweist und dem darum Belastendes aufzupacken ist. Das ist so.

Ich, in jenen ersten Jahren nach dem Krieg ein durchaus noch recht junger Mensch, ich muss wohl so einer gewesen sein, denn ich wurde in diese Stadt gerufen, um mich dem Pastor an die Seite stellen zu sollen, wenn man so sagen darf.

Der Pastor, der mich hatte rufen lassen, war ein netter Mensch, das darf ich gestehen. Nette Menschen gibt es zwar unzählige, doch wenn man längere Zeit mit ihnen zu tun hat, zeigen sich durchaus auch unnette Seiten bei diesem und jenem.

Nun möchte ich aber nicht in Verdacht geraten, ich rechne es einer unnetten Seite meines Pastors zu, der, als mein geistlicher Vormund, mir bald nach meiner Einstellung die Verwaltung eines, sagen wir ungewöhnlichen Hauses zu übertragen beabsichtigte.

Mich dieser mir offen gestanden fremdartigen Aufgabe zu entziehen, sah ich mich nicht befugt, wollte es auch gar nicht. Wohl weil ich nicht wusste noch ahnte, was damit auf mich zukommen würde. Es handelte sich um ein Haus, bewohnt von mehr als zwölf Mietparteien, und war unter dem etwas irreführenden Namen ‚Hospital' in der Stadt bekannt, ein Domizil unterschiedlichster, aus allen Himmelsrichtungen Zugezogener, die bei Kriegsende eine Bleibe gesucht hatten. Flüchtlinge, Umsiedler oder ähnlich nannte man sie damals.

Mein Pastor tröstete mich mit den ihm eigenen netten Worten, indem er meinte, der finanzielle Bereich berühre meine Aufgabe nicht, das werde an anderer Stelle geregelt werden. Hingegen lege er großen Wert auf die seelsorgerliche Betreuung der Bewohner. Und die ergäbe sich durch vielerlei Begegnungen mit ihnen im Laufe der Zeit. Begründete auch, dass mir solches zum eigenen Vorteil gereiche, denn hier wäre Gelegenheit, Menschenkenntnisse sozusagen am Objekt und nicht durch gelehrige Bücher zu gewinnen. Denn, so sagte er, der rechte Umgang mit unseren Menschenbrüdern sei A und O unseres Dienstes, in welchem unser Sosein, unser Betragen und tägliches Tun sich mit unseren Worten zu messen haben, also Tat und Wort habe stets im Einklang zu stehen. Zwar gab er zu, dass das nicht immer leicht sei, aber man müsse immer von neuen darauf bedacht sein, die Menschen so zu verbraten wie sie sind, sie in die Pfanne zu hauen und unter einen Toppdeckel – so sagte er wirklich – zu bekommen. Ich gab mir Mühe, diesen Worten einen tieferen Sinn abzuringen, was mir aber nicht gelang. Er entließ mich mit mutmachendem Zunicken, und das hieß wohl nichts anderes als: Schwimm oder versinke. Also auf dann.

Dass ich jedoch als Blitzableiter in dieses Haus hineinverschaukelt worden war, sollte mir sehr bald bewusst werden. Darüber jedoch später.

Ich hatte mich also schnurstracks in das ‚Hospital' begeben, das mir zugewiesene Zimmer bezogen und meine Sachen geordnet. Das Zimmer, mein allererstes eigenes Zimmer übrigens, das ich mir, meinen bescheidenen Wünschen entsprechend, in meinem damals vierundzwanzig Jahre währenden Leben hatte einrichten dürfen, war noch bis vor kurzem Leichenhalle gewesen. Doch man möchte verstehen, meine Freude, vier Wände, ein zur Straße schauendes Fenster und eine verschließbare Tür mein eigen zu nennen, überwog alle spukbildhaften Fantasien. Das Möbelmang, das mein Pastor hatte anfahren lassen, schien mir aus allerlei Hausrat zusammengezempert zu sein. Anscheinend hatte niemand sein bestes Stück geben wollen, dem Herrn Vikar die Wohnung aufzufrisieren. Mein Eindruck war vielmehr der gewesen, durch Abgeben eines alten Bettes, eines wackligen Tisches oder einer dreifüßigen Kommode sei man endlich der Verlegenheit enthoben, die liebgewordenen Stücke zu zerhacken oder in einer Bodenecke verwurmen zu lassen. Immerhin. Dass ich bereits in der ersten Nacht mit dem Bettgestell zusammenbrach, ist todsicher den possierlichen Würmchen zu verdanken, die in jahrelanger, fleißiger Wühlarbeit ihre Kanäle durch die Hölzer genagt hatten.

Sollte dieser Zusammenbruch symbolisch zu deuten sein? Ich muss gestehen, die Funktion des Hausverwalters bedrückte mich. Denn ohne auch nur die geringsten psychologischen oder gerontologischen Vorkenntnisse in der Behandlung älterer Erwachsener war ich in dieses Meer der Unkenntnis geworfen worden. Trug nur in mir das unabdingbare Liebesgebot meines Pastors im Gepäck, das ‚Gutsein um jeden Preis'.

Eines weiß ich heute nicht mehr, wer es gewesen war, der mir geraten hatte: Wenn du in kritische Situationen gerätst, mache dir Notizen, schreib alles auf, damit du im Ernstfall auf etwas bauen kannst, das verlässlicher ist als dein Gedächtnis. Vorausgesetzt du schreibst die Wahrheit, nichts als die Wahrheit. Und nun, getreu jener Empfehlung hatte ich es dann auch getan, hatte aufgeschrieben meine Wahrheit, und nichts als meine Wahrheit. Rückgreifend auf diese, in einem Tagebuch enthaltenen Notizen wird es mir leicht fallen, einen lückenlosen Bericht zu geben. Möchte es also gestattet sein, dieses zur Hand zu nehmen.

8.10.

Ein Zimmer in einem großen alten Haus, genannt ‚Hospital'. Hurra, ein Zimmer für mich ganz allein! Wie reich bin ich plötzlich. Die aus verschiedensten Haushalten stammenden Möbelbruchstücke (Bruchmöbelstücke, Stücke Möbelbruch) werde ich nach Vermögen gegen eigene Anschaffungen auswechseln. An der Wand fehlt mir ein schönes Bild, eins, das ich immer wieder betrachten muss. Mein Zimmer war ehemals Leichenkammer. Ich brauche dringend einen Mittagstisch. Meine Hausmannskost ist monochrom. Möchte jemand mein heimlich Flehen hören, wenn mir der Magen knurrt.

In diesem Haus dürfte ich nach Andeutungen anderer auf Überraschungen gefasst sein. Zwölf Mietparteien, mich nicht einbezogen. Bei Tieren wächst (so Konrad Lorenz) die Aggressivität, je enger die Versuchsobjekte aufeinandergedrängt werden. Ob sich Menschen analog verhalten? Im übrigen riecht es hier nach Katzen. Darf man hier Katzen halten?

10. 10.

Meine Neugier trieb mich gestern, die Namen meiner Mitbewohner zu erfahren. Namen besagen nichts, Meier kann jeder heißen, der Alte, der Junge, der Gute, der Böse, Mann und Frau. Who is who? Links von mir wohnt ein Alexander. Oder eine Sie? Rechts eine Erna Schmoll. Ich fand die Namen auf den Türschildern, teils emailliert, teils mit Bleistift oder Tintengekrakel. Hier gibt es eine Alice Neumann (sicher altes Fräulein, wer heißt schon Alice), eine Liesbeth Pürzel (Assoziation: Wildschweinschwanz), Linde, Lemke, Mögebauer, Aschmann, Horn, Geffke, Selma Brink. Who is who? Und oben unterm Dach ein Ratzke. Who is who?

Ein überglücklicher Zufall: Ich konnte eine Standuhr aufstöbern (Haushaltsauflösung). Eine Standuhr! Mein bisher kühnster Traum. Eigenhändig trug ich sie über den Markt, zuerst die Gewichte und das Pendel, dann den Kasten. Soeben schlägt sie neun. Domgong, domgong! Warm, volltönend. Ihr Gesang zerläuft mir wonnesam in der Seele. Mein ganzes Zimmer singt mit. Ich muss sie noch besser ausrichten, sie hinkt. Hinkende Uhren mag ich nicht.

12. 10.

Gestern habe ich mich aufgemacht und bin von Tür zu Tür gegangen, um mich den Leuten vorzustellen und sie mir. Jetzt weiß ich, wer wer ist. Nicht aber weiß ich, wer wie ist. Überwiegend alte Menschen. Alice Neumann, bettlägerig, hager und mager, sicher fromm, weil zahlreiche Bibelsprüche im Zimmer, scheint aber in Urgründen Energien zu speichern. Sie hat krallblitzende Augen und plappert (ohne Zähne). Liesbeth Pürzel erinnert nicht an einen Wildschweinschwanz. Sie ist ein mimosisches, schreckhaftes, mildes Dämchen. Frau Linde, eine akkurate Witwe mit scharfen Gesichtszügen. Ihre Tochter Luzia ‚studiert auf Haushalt', kommt erst gegen Wochenende. Neben ihr wohnt Horn, ärmlich, sehr ärmlich. Früher Arbeiter auf einer Schamottefabrik. Nebenan mein Nachbar Alexander (Dickbauch). Scheint schwierig zu sein. Er erwartet, dass ich die Standuhr versetze. Das halbstündige Schlagen störe ihn nachts. Ich sagte, er könne doch auf diese Weise den Gang der Zeit gratis verfolgen, hat aber wohl für meine Art Späßchen keine Antenne. Erna Schmoll, ein Kapitel für sich. Sie züchtet Katzen und Vasen und hat Schwierigkeiten mit ihrer Frisur.

Die anderen waren nicht anzutreffen. Dankbar nehme ich den Mittagstisch bei Rehbergs an. Er, Rehberg hatte mich aufgesucht und ihn mir angetragen. Wie er dazu käme? Mein Pastor habe für mich in der Gemeinde herumgebettelt. Ein doch netter Mensch, mein Pastor. Sonntags gibts da aber nichts, da Kirchgang und Familienleben mit der Tochter. Und das nur für 45,– Mark im Monat. Danke, lieber Gott! Ich bin oft hungrig wie ein hohles Fass.

13. 10.

Einladung zur stummen Teilnahme an einer Gemeindekirchenratssitzung. Ich werde offiziell vorgestellt. Zum Teil sehr sympathische Leute (zum Teil!). Rehberg ist dabei. Nach Abhandlung diverser, mich nicht betreffender Angelegenheiten wurde mir das Einziehen des Lichtgeldes im ‚Hospital' übertragen. Daraus, meinte mein Pastor, ergäben sich menschliche Kontakte. Meine Arbeit macht mir Freude, aber sie raubt mir nicht das Herz. Im Büro verrechne ich mich wie eh und je. Ich habe nie richtig rechnen können. Trotzdem begegnen mir die Leute mit auffallender Freundlichkeit.

15. 10.

Eine Woche sieht mich nun schon dieses Städtchen. Die Gegend ist einfältig. Außer Käsefabrik keine Industrie. Frau T., die Organistin, wird mir morgen die erste Orgelstunde geben (endlich wieder!). Den Unterricht will ich, wenn's sein muss, bezahlen. Übungsstunden habe ich (wegen des Stromverbrauchs) aufzuschreiben. Ich finde das unmanierlich, man wird mir Stromkosten berechnen. Darüber muss ich mit meinem Pastor verhandeln. Schließlich gehört Kirchenmusikstudium zur Berufsqualifizierung, auch wenn ich's nicht hauptamtlich tue.

Ehepaar Lemke aufgesucht, viel erzählt. Ist ein altes Bäckerehepaar aus Hinterpommern. Er trägt exemplarische Zipfelmütze. Sie auch. Dafür fehlt ihm das Kinn. Sein Gesicht fließt stufenlos in den hageren Hals hinein. Sie redet viel und scheint die Zeitung des Hauses zu sein. Ich habe sie mehrmals hinterm Türschlitz lauschen sehen. Sicher bin auch ich begehrter Gegenstand ihrer Detektei. Herr Horn ist wirklich sehr arm und einsam. Vorhin bot er mir eine Zigarre an. Die schmeckte nicht nur mies, sie schmeckte (Marke Torpedo di bronchia) entsetzschreckteuflisch. Wozu raucht man eigentlich?

16. 10.

Erste Orgelstunde bei Frau T. (Bachband V, ‚Jesu meine Freude' und Pedalübungen). Frau T. meinte, sie könne mir ein Klavier besorgen, leihweise ohne Mietzahlung. Das wäre prima. Die Tochter von Frau Linde scheint am Montag nicht abgefahren zu sein. Ich höre sie husten, wenn ich über den Flur gehe. Die Toilette ist auf dem Hof. Ich muss, wenn ich muss, an ihrer Zimmertür vorbei. Alexander drängt mich, die Uhr endlich an eine andere Wand zu stellen. Das Schlagen störe ihn. Frau Lemke behauptet, der Mann sei vor dem Krieg Pferdehändler gewesen. Ich verstehe davon nichts, aber ich tue ihm den Gefallen. Die Uhr bekommt ihren Platz an Fräulein Schmolls Wand.

18. 10.

Fräulein Schmoll bat mich zu sich, sie hätte mir etwas zu erzählen. Was mag das arme Herzchen haben? Übrigens finde ich bittschön nicht lächerlich, falls ein Mittagessen zu den Höhepunkten eines Monats zu gehören scheint, dieses auch zu erwähnen. Frau Rehberg servierte heute Kartoffelplinsen, in Öl! Herrlich. Sie tat mir eigenhändig auf, einen Plins nach dem andern. Beim zehnten Plins sagte sie zehn. Von da an zählte ich mit. Bei siebzehn war der Teig verbraucht. Muss ich mich schämen? Ich fragte sie. Da klopfte sie mir mütterlich auf die Backe: ‚Immer kann ich mir das nicht erlauben'. Und ihr kamen Tränen. Ich weiß, sie hat ihren Jungen im Krieg lassen müssen. Neulich sagte sie, der wäre jetzt so alt wie ich. Wieviel Jammer gibt es doch durch Menschenschuld!

19. 10.

Thema bei Erna Schmoll? Meine Uhr! Ernachen ist ein kleiner, runder, fünfundsechzigjähriger Pummel. Fünferlei zeichnet sie aus:

Fünf Katzen
eine unvorstellbare Unordnung
ihre Leidenschaft, Vasen zu sammeln
ihre Frisur
ihre unüberbietbare Freundlichkeit

Zum ersten: Die Katzen belagern Stühle, Sessel, Sofa. Sie war aber nicht verlegen, als sie mir keinen Platz anbieten konnte. Die Kätzlein haben das Primat. Halbausgefressene Schälchen stehen am Ofen. Zum zweiten: Darüber schweige ich, weil ich dabei stark an mich denken muss. Zum dritten: Vasen in jeder Form und Größe verbarrikadieren den Fußboden über Zimmerhälfte. Man kann kaum treten. Mehr als siebzig. Und alle leer. Wie will sie wohl die Stube kehren? Zum vierten: Ernachen Schmoll trägt einen Zieps. Zieps nenne ich die Strähne, die nicht mehr zu bändigen ist und aus dem Knotengefrumse herauslugt, schräg nach oben, klebrig-steif. Wie geschaffen zum Ziep-ziep-machen. Zum fünften: Ernachen ist ein einziges, überwältigendes Lächeln, wenn auch ein bisschen einfältig. Der ganzen Welt ist sie gut. Ihr rundes Gesicht geht vor Wonne auf, wenn man ihr nur ein liebes Wort sagt. Was sie von mir wollte? Die Standuhr. Die erfreut sie, sie erinnere an ihre Kindheit, denn in Muttchens Zimmer habe ebendiegleiche gestanden, ‚dumm-dumm', und nun könne sie viel ‚plastischer' schlafen. Das war's, was sie hatte sagen wollen. Nun also, es ist ihr und Alexander, dem Nörgler geholfen.

22. 10.

Mit Ratzke gesprochen. Ein kleiner, behänder Mensch. Schnurrbart, wie man ihn nach 1945 nicht mehr tragen sollte, ungepflegte Sprache. Seine Frau mehr als zottlig. Tut mir Leid, es ist so. Zwei Söhne. Heini fährt Müll, ein gemütlicher Mann, und Gerd, etwa zehn Jahre alt, ein Ausbund von Frechheit. Die Mutter ruft ihn Gäät oder Gääti – Gääti, komm eins heää! – Ratzke sammelt Altstoffe und stapelt damit den Hofraum voll. An und für sich ist der Hof Wäschetrockenplatz. Heute sah ich eine Ratte zwischen seinem Kram verschwinden. Ich riet ihm, die Sachen baldigst abzufahren. Springt er mir ins Gesicht, ‚dat mich dat den Deibel zu scheren hat'. Also, Frontalangriff. Darf ich so was dulden als Hausverwalter? Die Leute müssen doch ihre Wäscheleinen ziehen können. Mein Pastor sagt, er brauche eine Aufstellgenehmigung. Ich sagte, Platzmiete fordern. Mein Pastor sagt, erstens bezahlt er doch nicht, zweitens wäre der Dreck nicht beseitigt. Er hat Recht.

23. 10.

Die Orgelstunde verlief gut, macht mir große Freude. Wenn Mutter kommt, will ich vorspielen. Frau T. will ein Klavier besorgen, eventuell geliehen (schrieb ich das schon?). Ich bat Mutter, mir Klaviernoten zu schicken. Übrigens heißt die Tochter von Frau Linde Luzia (flott flott) und scheint krank zu sein. Immer hat sie ein Gewerbchen und tritt mir in den Weg. ‚Herr Pastor (!), kriegen Sie diese Büchse auf? – Herr Pastor, wie fungsioniert eintlich ein Staubsauger? – Herr Pastor, kostet Einschreiben fuffzich oder sechzich Fennig?' Sie ist nicht unhübsch, beileibe nicht, etwa zwanzig Jahre alt, also jünger als ich.

Bei Frau Brink habe ich ein hervorragendes Bild erspäht: Holländische Schiffe auf dem Watt, fachlich und farblich erstaunlich gut. Ob sie's mir verkauft? Das wäre etwas für die Alexanderwand. Vis-à-vis ist die Ernawand. Erna schmuste vorhin: ‚Ihr Uhr ist sooo schön'. Ernachen glich einem Bratapfel mit Zieps, etwas hunzlig-punzlig.

Herrn Horn geht's nicht gut. Sein Atem pfeift, er liegt seit gestern im Bett. Ich machte bei ihm sauber und weichte seine Wäsche ein. Sollte ich Heimaufnahme beantragen? Der Arzt war nett, ich holte die Tropfen. Ich bat Frau Geffke, ebenfalls bei ihm hereinzuschauen. Wir müssen uns um den alten Mann kümmern. Es ist einfach eine Tragik um den Menschen, wenn er alt und einsam in irgendeinem Winkel dieser großen, eigentlich schönen Welt seinen letzten Atemzug tun muss. Dabei hat Horn ein volles Leben hinter sich. Ich möchte nicht so vereinsamt sterben, ich finde, das ist so lieblos, das ist so grausam. Ich finde, ein Leben ohne geliebt zu werden, ist kein Leben. Irgendwas sucht doch jeder, irgendwo einen Zieps Liebe.

25.10.

Ärger mit Ratzke. Meine Kohlen kamen, während ich im Haus war. Man hat sie mir vor den Stall geschüttet, weil er nicht hineinkam. Er kam nicht hinein, weil Ratzke seinen Unrat vor die Tür gestapelt hat. Als die Kohlen kamen, regnete es. Jetzt habe ich nasse Kohlen. Ratzke ist ein gefährlicher Typ, jähzornig bis dorthinaus. Was hat ihn dazu gemacht? Er heißt mit Vornamen Gottlieb. Übrigens hält er sich Hühner, oben auf dem Boden. Nun weiß ich auch, woher der Gestank kommt. Die armen Vögelchen hocken im Stockdunkel in einem Drahtverschlag hinter einem Gerümpelhaufen. Ich sprach mit Frau Geffke. Wir fragen uns, ob wir es der Hygiene melden sollen. Schlimm, nicht wahr? Kaum hat ein armer Mensch mal ein kleines Privatissimum, vier mickrige Hühner, schon gibt's Krach. Doch um der Ordnung willen, denn so geht's wirklich nicht. Hühner auf dem Hausboden! Warum geht das eigentlich nicht? Wem schadet's denn. O weh, was sind wir Menschen doch für Menschen!

Jetzt wird's schon gegen sechs dunkel. Das Jahr nimmt ab, ich muss meine Fahrradbeleuchtung reparieren.

26. 10.

Kohlen vor Regen gerettet, Ratzkes Kram rigoros beiseite geschoben. Vorhin mit seiner Frau gesprochen. Die sagt: „Bequackeln Se dat mit meim Mann, 'kab da keene Jerechtigkeit zu."

Gut, bei nächster Gelegenheit, auch wegen der Hühner. Aschmanns haben schon ihren Köter abgeben müssen, weil der gegen die Türen gestrullt hat. Die sagen jetzt mit Recht, Ratzke soll die Hühner schlachten, sonst täten sie's. Ich hätte dafür zu sorgen, ich sei Hausobmann. (Aha!)

Bei Frau Brink auf das wunderschöne Bild angespielt. Erbstück, sagt sie, nie, nie könne sie das abgeben. –

29. 10.

Alexander stänkert immer von neuem. Ihn stört die

Uhr, ich soll sie auf Gummiproppen stellen. Ich riet ihm, sein Bett auf Gummiproppen zu stellen und sich Gummiproppen sonstwohin zu stecken. Andre Leute hätten Gefallen an ihr, ich auch. (Unangenehmer Fuffziger der!) Alexander hat keine Freunde, weder im Haus noch in der Stadt. Er nieselpriemt herum und nörgelt mit sich und der ganzen Welt. Auch eine zerbrochene Existenz. Man müsste ihm eine Aufgabe geben, ihn irgendwie mit einbeziehen in Verantwortung für andere. Horn kam heute in die Klinik. Wir meinen, er wird diese Welt bald verlassen. Er war sehr schwach und konnte nicht mehr abhusten. Mit Frau Geffke räumte ich sein Zimmer durch. Nur zu zweit! Um Gerede zu vermeiden. Frau Zipfelmützlemke steht hinter dem Türspalt, so wie sich auf dem Flur etwas regt. So hat jeder sein Tun. Frau Geffke wusch Horns letzte Wäsche durch, ich finde das sehr nett. Sie ist eine mütterliche Frau, ich werde sie zu einem Erzählchen einladen.

30. 10.

Orgelstunde. Frau T. nahm sich heute Zeit, behauptet, ich käme gut voran. Im Büro ist man weniger zufrieden. Meine Additionen stimmen nie (selten, nicht immer, aber doch meistens!). Am nächsten Sonntag soll ich in G. predigen in Vertretung des erkrankten Pastors (ganz kleine Dorfklitsche). Mein Pastor will Ausarbeitung vorher sehen. Gibt's nicht! Ist Predigt Vorführung oder persönliche Aussage? Er sagt, falls meine Ausarbeitung zu dürftig sei. Gab mir eine Wucht gedruckter Predigten zum Ablesen. Kommt nicht infrage! Er gab mir auch einen Haufen Kommentare und sagt: Predigtarbeit ist Handwerk. Das muss man lernen. Ich frage: Handwerk? Nicht Mundwerk? – Vom Büro Lichtrechnung für das ‚Hospital' bekommen: 129,50 Mark und die Nachricht, Horn sei letzte Nacht heimgegangen. Er hat nicht lange leiden müssen. (Wirklich nicht? Hatte er nicht Leidensjahre? Wer weiß so etwas schon. Er selber hatte nie darüber gesprochen.)

31. 10.

Reformationsfest. Mein Pastor predigte in Petri. Man sollte sich keine Versprecher leisten. Er sprach von Luthers Globenspraube in Wittenberg und formulierte: Was die Sünde Bibel nennt. Frau Geffke neben mir hat nichts bemerkt. ‚Ein feste Burg' ist ein großartiger Choral, aber bei dem Vers ‚Nehmen sie den Leib, Gut, Ehr, Kind und Weib' habe ich nicht mitsingen können. Das singt sich so leicht. Ich musste an Vater Horn denken. Der hatte von Gut, Ehr', Kind und Weib nichts mehr behalten. Er kehrte als Wrack aus den Kriegstrümmern zurück und ließ sein Leben in Verlassenheit von sich. Wessen Glaube ist so stark, dass er solche Worte mit Inbrunst zu singen vermag? Frau Geffke meint, ich werde Horns Nachlass ordnen müssen. Wer sonst. – Frau Linde ist auffallend freundlich. Ihr Lächeln ist wie meines, wenn ich in einen Zerrspiegel grinse. Vorhin brachte sie mir gebratenes Brot mit zerlassenem Käse drüber, ‚mit einem schööönen Gruß von Luzia', zum Abendbrot. – Von meinem Pastor empfohlener Predigttext Matthäus fünf, ‚Liebet eure Feinde'. Bismarck sagt, man könne die Welt nicht mit der Bergpredigt regieren. Kann man das ‚Hospital' mit der Bergpredigt regieren? Ratzke, du alter Gauner, musst du jetzt auf dem Boden dein blödes Holz hacken? Muss das sein? Soll ich raufkommen? Dir das Beil aus der Hand reißen? Heute nicht!! Ich muss eine Predigt schreiben – über die Feindesliebe!!

1.11.

Ernachen Schmoll, trübselig. Ein Kätzchen fehlt, das silberfarbene (das schielige graue!). Mich drückt anderes: Predigt, Lichtgeld, Haushaltsauflösung. Wohnungsamt gibt vierzehn Tage Frist, das Zimmer soll schnellstens bezogen werden. Ich sage: Erstens ist der Verstorbene noch nicht unter der Erde, zweitens müsse der Maler kommen, hier sei seit Jahrzehnten nichts gemacht worden. Trotzdem, die Wohnraumnot ist da, wir sollen uns beeilen. Ich sehe das ein.

Entzückend gestern abend Luzia. Sie kam, um zu fragen, wie mir die gebackenen Stullen geschmeckt hätten. Kam und stand und spielte Theater: ‚O Gott, wie haben Sie's schön hier. Die Uhr, und das Schränkchen. Und da steht Ihr Bett. Und und und.' Man könnte sagen, sie ist nicht unhübsch, man könnte anbeißen, einfach so. Sagt sie, sie könne noch anderes backen und ob sie mir mal was bringen soll. Ich habe doch sicher Schwierigkeiten mit das Essen, so allein immer so, hat Mutti gesagt. Überhaupt hätte sie eine Bitte, weil ich doch Schreibmaschine tippen kann. (Ich habe seit kurzem eine solche auf meinem Zimmer. Hat sie das gehört?) Sie säße gerade an ihrer Diplomarbeit. Sie würde auch diktieren, wenn ich tippe. Diplomarbeit? Ich war überrascht. Es handelte sich aber nur um die Abschlussarbeit in ihrer Haushaltsschule. Ich gab zu verstehen; ich könne nicht fehlerfrei schreiben. (Aber das macht doch nichts, das kann man doch verbessern.) Zweitens, dass sie sicher eine sehr gute Handschrift habe.

(Eine Sauklaue habe ich!) Drittens, dass ich sehr viel zu tun habe. Vielleicht hätte sie einen netten Freund, der ... (Ich könnte doch ihrer werden!) Sie machte sich hübschniedlich. Offenbar bin ich ihr Typus. Ich wollte sie gerade hinausleiten, da schurrt es vor der Tür. Alexander? Ich gab der Tür einen Ruck und ballerte sie ihm gegen den Bauch. Oder Kopf? Donnerwetter, also doch Alexander! Luzia durfte sich verabschieden. – Mich beschäftigt die Frage, wie der dicke Alex in diesem Augenblick an meiner Tür schnüffeln musste. Sind die Wände wirklich so dünne und schalldurchlässig? Ist er Hausspion? – Frau T. hat es durchgesetzt, ich darf das Klavier bekommen. Ich muss Träger und Wagen besorgen. – Der Gääti steht an Horns Tür und probiert Schlüssel aus. Ich scheuche ihn fort, will ihm auf die Finger sehen. Ein kleiner Bursche von unglaublicher Frechheit. Tagüber bin ich kaum im Haus. Soll ich Lemkes aufmerksam machen? Sie würde sich geehrt fühlen.

3. 11.

Habe den Gottesdienst in B. mit Hangen und Bangen und schwebender Pein überstanden. Der Gesang war mehr als dürftig. Mein Selbstgefühl liegt ziemlich am Boden. – Luzia klopft wieder. Immer dann, wenn ihre Mutter nicht im Haus ist. Ich solle bei ihrer schriftlichen Arbeit wenigstens Korrektur lesen. Ihr Lächeln umgarnt, umhäkelt, umstrickt. Ich habe mindestens achtzig Fehler gefunden. Diesmal kam Alexander nicht. Luzia hatte auch sehr leise gesprochen. Wenn ich an die Alexanderwand starre, denke ich an Frau Brinks schönes Bild. Ich möchte es zu gern haben. Aber sie hat keinen Grund, es zu veräußern.

4. 11.

Heute nachmittag den alten Horn zu Grabe getragen. Die netten Leute aus dem Haus waren mitgekommen, Aschmanns, Schmollchen, Liesbeth Pürzel, Frau Brink und Frau Geffke. Mein Pastor sprach mit großer Liebe. Ich muss mich nun um Horns Hinterlassenschaften kümmern, frage mich aber, wieweit ich ein Recht habe, mich in anderer Leute Sachen einzumischen. Anderer Leute? Hier ist kein anderer Leut mehr. Ich werde mit Frau Geffke sichten, was zu sichten ist. Übrigens hatten Aschmanns für einen Kranz gesammelt. Ich war nicht auf den Gedanken gekommen.

Die Aufteilung des Lichtgeldes ist schwierig. Das Haus hat nur einen Stromzähler. Dreizehn Haushalte mit zwanzig Personen. 129,50 : 20 = 6,475 = 6,48 Mark. Lindes und die Ehepaare zahlen 12,96 Mark, Ratzke das Doppelte, wir Einzelgänger entsprechend. Ich redete mit Aschmanns, die wären einverstanden, vorausgesetzt die anderen zahlen nach gleichem Muster. Mögebauer erklärte, nie so viel gezahlt zu haben. Sie könnten nicht dafür, wenn ‚der da oben' (Ratzke) immer das Flurlicht brennen ließe. Unter diesen Umständen zahle er nicht. Katzenerna gab mit Apfelgesichtlächeln das Geld auf Heller und Pfennig genau in die Hand, ‚es sei doch für einen guten Zweck, nicht Miessi, Miessi? Wolln wir dem Onkel Geld geben?' – Die Liesbeth Pürzel dagegen: ‚Das ist unangemessen viel, darüber muss ich erst mit Fräulein Neumann reden.' – Alex zahlte nicht. Peng. Alice Neumann liegt immer im Bett. Was mag ihr fehlen? Sie macht auf mich den Eindruck eines Fossils, dazu nur Jammer und Klagen. Aber Elfenreigen und Gute-Hirte-Stickerei überm Bett und viele fromme Sprüche. Die Zähne badeten im Wasserglas. Sie protestierte: ‚Lieber Herr Jesus, ich gebe, was ich habe, aber betrügen lasse ich mich nicht.‘ Ich rechnete ihr vor: Grundgebühr, Licht. ‚Ich liege immer im Dunklen.‘ – Stimmt nicht. Außerdem kochen Sie elektrisch. ‚Meine zwei Kartöffelchen, lieber Herr Jesus, meine zwei Kartöffelchen.‘ Lassen Sie doch den Herrn Jesus aus dem Spiel. Wie ich sehe, liebes Fräulein Neumann, wird hier eben Wäsche gekocht. Ist das die Ihre? ‚Ich bin nicht schmutzig, glauben Sie mir. Ich wasche mein Hemd alle vier Wochen.‘ Das ist aber schrecklich, Fräulein Neumann. Haben Sie sonst nichts zu waschen? ‚Ich lasse mich nicht betrügen. Mein Gott, womit habe ich das verdient.‘ Sie zahlen also nicht? Da flitzt sie hoch: ‚Was, junger Mann, zahlt der Alexander?‘ Ach, der wäscht noch nicht mal sein Hemd. ‚Na also. Ich sag's ja, so sind die Menschen.‘ Auch umsonst. Und Ratzke? Seine Frau: ‚Reedns dat mit meim Mann, ick hab keen Jeld nich.‘ Ich sah mich um, hinter mir kratzten die Hühner im lichtlosen Dunkel. Bisher war der Ertrag umwerfend. Ich lerne, gewisse Dinge mit Humor zu tragen. Jetzt bin ich müde.

5.11.

Das Klavier besehen. Schön, leidlich in Stimmung. Ein Klavier und dann ein schönes Bild, dann bin ich Snob in Potenz. – Die Stube von Horn, stark verschmutzt. Frau Geffke verspritzte eine Badewanne voll Eau de Cologne. Ein paar Kleinigkeiten könnte man verschenken, das andere zerhacken, die Federbetten verbrennen. Horn hatte in letzter Zeit unter sich gemacht. Frau Geffke sagt, aus ihrer Erfahrung in der Fürsorge sei sie noch ganz anderes gewöhnt. Sie lud mich ein, um etwas anderes in die Nase zu kriegen, wir pinscherten ihren Selbstgebrauten. Das ging ein wie ein Drillbohrer. Da, ein Schurren vor der Tür. Ich stieß die Tür auf. Alex kräftig gerammt. Darauf lud sie mich zum Abendessen ein. Wir wurden lustig. Ich freue mich auf mein Klavier. – Frau Rehberg briet heute Schnitzel. Sie sagt immer Schnützel. Ich fraß Senf löffelweise. Ihre Tochter (Traudel) hat sehr schöne blonde Haare und sehr schöne pommersche Augen, blau, blauer geht's nicht.

10. 11.

Besuch einer viertägigen Tagung. Ad acta.

11. 11.

Vormittags Tagung nachgearbeitet. Kurz nach elf klopft's. Luzia! Eine Flasche unterm Arm, zwei Gläser in der Hand. ‚Es ist gleich Elfuhrelf, ich möchte ßuuu gerne mit Ihnen anstoßen. Gefällt Ihnen mein Kleid? Schön nich? Sehen Sie, dass ich eine neue Frisur habe? Steht mir gut, nich? Ich habe sooo auf Ihnen gewartet.' Sie korkte auf: ‚Wermut, der ßieht durch.' Naja, wenn's sein muss. ‚Noch eins!' Nein, Süßwein schlägt mich zum Krüppel. ‚Ach, wenn schon. Ich gieße noch einen hinter.' Ihre Wangen glühten. ‚Elfuhrelf! Prooost! Na?' Was heißt Na. Sie wirft sich rücklings auf mein schön gemachtes Bett, legt die Hände unter den Kopf und läläläche lt mich an. Na? – Ich gehe zum Fenster, öffne es und schaue hinaus. Bei ihr Wermutslächeln, bei mir mehr Wutslächeln. Plötzlich knallt hinter mir die Tür. Elfuhrdreizehn! Luzia war verschwunden samt Flasche und Gläsern. Ende meiner geistigen Arbeit. Das Klavier kam. Mein Wohlstand steigt.

12.11.

Luzia schmollt, zeigt mir, dass ich dünne Luft bin. Lieber dünne als dicke Luft! Töchterchen Rehberg hatte heute mittag Tränengeklacker. Meine gute Mutter hat Noten geschickt, dazu gestopfte Wäsche und ein paar abgesparte Lebensmittelkarten. Das Leben beginnt schön zu werden, auch wenn's dem bösen Nachbarn nicht gefällt. Alex stänkert, weil ich an seiner Wand Klavier spiele. Ich übe! Ernachen schwärmt, nun könne sie plastischer an ihre Kindheit denken, weil ihr Muttchen auch so lieb Klavier gespielt hatte. ‚Meine Kätzchen hören Ihnen immer zu.' Wie schön. Mögebauers hören nichts, Aschmanns ist's egal, Frau Geffke sagt, es beruhigt.

14.11.

Ich muss endlich Lichtgeld einziehen. Lieber verkaufe ich auf dem Markt alte Krawatten! Luzia ist für zwei Wochen verreist.

16.11.

Das Büro besteht darauf, dass ich Stromgeld für die Orgelübstunden zahle. Ich weigere mich, weil Frau T. auch nicht zahlt. Ich muss mit jedem Pfennig rechnen. Außerdem geht's hier um ein Prinzip. Bringen wirklich die angemahnten Pfennige die Wirtschaftslage der Kirche ins Wanken? Mir fehlen noch über dreißig Mark Lichtgeld. Das ist was anderes. (Ist das wirklich was anderes?) Alex schlägt gegen die Wand, wenn ich Tonleitern und Akkorde trainiere. Darauf spiele ich ihm in Oktaven vor: Du bist verrückt, mein Kind.

18. 11.

Töchterchen Rehberg hatte heute süße Wängelein und sah überhaupt wunderhübsch aus, seidene Fliege im Haar, neue karierte Schürze, um ihren Teller ein Tannenkranz, Kerze und Schild mit goldener Zwanzig. Es gab Grießpudding mit Ei abgezogen. Darüber Cérises château morelles (Schattenmorellen). Ich sagte, Traudel könne von mir aus jeden Tag zwanzig werden. Frage an mich, wann ich ‚meinen Tag' hätte. – Mein Pastor beauftragte mich mit einem Adventsgottesdienst, wieder in B. Ich solle mich üben, meinte er. Ich sagte, der Text der Bergpredigt neulich hätte mich ganz schön verfolgt, die Leute im ‚Hospital' ... ‚Gerade d a s sei unser Auftrag. Und unser Sosein muss sich an unseren Worten messen lassen. Haben Sie alle Leute gern, auch wenn Sie sie am liebsten auf den Mond schießen würden.' Hat er gut gesagt, finde ich. – Ich habe seit kurzem Flöhe. Frau Geffke übrigens auch. Wir haben Horns Zimmer restlos leergemacht, das meiste zerschlagen, das Holz unter den Mietern aufgeteilt. Klavierspiel ist meine Freude. (Bach, Italienisches Konzert und Schumann, Kinderszenen). Eben brachte ich Traudel einen Strupps abgepulten Silberlattich. Rehbergs Wermut schmeckt unverbindlich und darum angenehmer.

19. 11.

Maler für Horns Zimmer, will gleich nach Totensonntag anfangen. Frau Geffke hat Flohpulver gekauft. Wir knicken um die Wette. Sie hat mehr Abschüsse als ich.

Totensonntag wollen wir zusammen Horns Grab besuchen.

20. 11.

Alice Neumann finde ich stets im Bett vor. Von dort aus sprüht sie Gift und Galle, oder sie singt fromme Lieder. Wie ist das vereinbar? Heute gab sie mir eine Spende ‚für einen guten Zweck'. Sagte ich, das käme der Fehlsumme der Lichtrechnung gut zupass. Da riss sie mir den Schein aus der Hand: ‚Niemals, niemals!' Gab's aber dann doch her, ‚weil ich's nun mal spenden wollte'. – In der Post ein Brief von Luzia. Sie schreibt vom ‚Pracktikum' und zum Schluss, ‚das ich mich so blöhde benommen habe, können Sie mir das endschuldigen. In eine Woche bin ich wieder zurück. Denn dürfen Sie mir aber nicht mehr böhse sein. Ich trage mein Haar jetzt anders, das wird Ihnen bestimt gefallen.'

21. 11.

Horns Hügel wird vom Schnee wie mit einem weißen, sauberen Laken abgedeckt. Ich finde, die Natur gleicht viel mehr aus, als wir eitlen Menschen das vermögen. Friede steht über den Gräbern ohne Ansehen der Person. Was machen wir Menschen oft aus den Toten und ihren kümmerlichen Resten. – Frau Geffke ist eine liebenswürdige, mütterliche Person. Wir gingen hinterher konditern. Sie hat bezahlt. Sie sagt, sie weiß, wofür ich spare. Ich hatte ihr mal von Frau Brinks Bild erzählt. Beim Konditern mussten wir furchtbar lachen. Ich hatte unter meinem Hemdkragen ein Flöhlein gefangen und es springen lassen.

23. 11.

Das Barvermögen vom alten Horn beträgt nach Abzug des Lichtgeldes neun Mark sechsundachtzig. Die Beerdigung bezahlt die Versicherung. Die Reste habe ich der Versicherung als Anteil des Verstorbenen überlassen. Der Maler arbeitet schnell und wird morgen fertig werden. – Ich quäle mich mit meiner Predigtvorbereitung. Mein Pastor sagt, das sei gut, jede Predigt sei immer eine Geburt. – Alex paukt noch immer gegen die Wand. Ich spiele Du bist verrückt, mein Kind in Oktaven. Bin böhse (mit H!), nicht wahr?

25. 11.

Unerwarteter Besuch durch meinen Pastor. Alexander hat sich über mich beschwert. Er verbittet sich das Klavierspiel, das ginge bis in die Nacht hinein, das wäre Hausfriedensbruch und und und. Überhaupt, was ich mir immer herausnähme. So meines Pastors Bericht. Als wir miteinander sprachen, wieder das bekannte Schurren auf dem Flur. Diesmal bekam Alex die Türklinke in die Seite. Mein Pastor war amüsiert. Er sagt: ‚Sie spielen jetzt mittelstark, ich kontrolliere nebenan.' Darauf er in Alexens Zimmer. Ich improvisierte über ein Volkslied. Hinterher entschied er: ‚Das Klavier bleibt hier stehen. Hier bleibt es stehen. Wer das nicht wünscht, kann ausziehen.' Die Bassstimme meines Pastors dröhnte derartig durch's ganze Haus, dass jeder Bescheid wusste. Alex auch. Hierzu hatte er nichts mehr zu sagen.

Luzia schrieb heute eine Karte aus dem ‚Pracktikum'. Schrieb, sie wäre rohdeln gewesen mit zwei Jungs, aber sie hätte viel lieber mit mir gerohdelt.

27.11.

Alice Neumann hatte heute ihrer getreuen Aufwärterin, dem armen Pürzelchen, ein Wasserglas (ohne Gebiss!) an den Kopf geworfen. Liesbeth kam heulend zu mir. Ich reichte sie an Erna weiter. Damen gleichen Schicksals trösten untereinander besser. Alice ließ dann nach mir rufen. Fragte, ob der Herr Jesus ihr auch vergeben würde. Ich sagte, ja, das wird er. Eine Stunde darauf war der Hausfriede wiederhergestellt. – Ich brachte allen im Haus einen Tannenzweig mit roter Kerze als Adventsgruß. Alice drückte mir zehn Mark in die Hand. Warum liegt sie nur immer im Bett! Zehn Mark, sagte sie, für einen guten Zweck, meinetwegen auch für Ihr Lichtgeld. Aber – pssst – sagen Sie's nicht der Liesbeth! (Au weia, au weia!) In Horns Zimmer ist eine Frau Zeckel eingezogen.

29.11.

Die Adventspredigt habe ich hinter mich gebracht. Jesu Einzug in Jerusalem. Mein Pastor hatte mich (heimlich!) abgehört. Ich sah ihn erst, als alles vorüber war. Er sagte nur naja. Auch ein Urteil, fand ich. Dieser erste Advent war harmonisch. Ich hatte mir Leber gebraten und eine Mehlschwitze (Klütersoße) gemacht. Eben, wo ich dieses schreibe, klopft Luzia. Sie hatte also ihr ‚Pracktikum' hinter sich. Ich sei krank, habe sie gedacht (flauste sie), weil ich ihr nicht geantwortet hätte. Außerdem wollte sie mir ihre neue Frisur zeigen. Und die rote Kerze stecke sie immer an, eine rote, sicher eine heimliche Andeutung? Na? Ja, sagte ich, Advent. Und dann briet ich ihr eins über: Zu Weihnachten werde ich mich verloben und bald heiraten, sehr bald. ‚Oooh, neindoch. Und gegen wen?' Ein

Mädchen, das man wirklich liebhaben kann. Puh! Ein Knall, Tür zu und draußen schlürfende Schritte und Schluchzen. Theaterspiel? Arme, arme Luzia.

30. 11.

Frau Brink ist krank. Sie fragt nach Büchern. Ich bringe ihr Storm-Novellen und Gulbranssens ‚Erbe von Björndal'. Sie liest viel. Überhaupt eine ganz in sich zurückgezogene, propere Frau. Kriegerwitwe. Schrecklich, immer wieder höre ich's. Den einen haut es aus der Bahn, der andere kaut tapfer an seinem Schicksal. Wir sprachen noch mal übers Bild. Ich komme mir unverschämt vor. Aus einer Spende Haushalts- oder Weihnachtsbeihilfe bekommen: 250,– Mark (in Worten zweihundertfünfzig Mark!). Ich kann's nicht fassen. Ich könnte ‚rohdeln' gehn vor Freude. Rücklage für das Bild? Bin ich nicht schrecklich? Nein, nur schwach. – Frau Zeckel will bei mir saubermachen. Kommt nicht infrage. Soll ich daneben stehen, wenn sie bei mir auf dem Boden rumkriecht?

2. 12.

Frau Brink wird vom Haus gut umsorgt. Mögebauers und Aschmanns kümmern sich rührend. Neue Lichtrechnung eingetroffen, höher als die vorherige. Aschmann hackt Schnee auf dem Bürgersteig. Ist eigentlich meine Aufgabe. Ich gebe ihm drei Zigarren. Frau Lemke (Hauspolizist mit Zipfelmütze) beobachtet, der Ratzkelümmel Gerd klaut mir Fahrradventile. (Sie sagt Wengtile.) Der Bengel lügt sich heraus. Ich habe ja nur den Beweis, dass sie fehlen. Habe zum Ersten Advent einen Herrnhuter Stern über die Flurlampe gehängt. Alle haben sich gefreut.

Vorhin hing nur noch die Hälfte, der Rest zerfetzt am Boden. Es war der liebe Gerd, nach Frau Polizeirat Lemkes Vermutung. – Liesbeth Pürzel weint sich aus, das Fräulein sei so abscheulich zu ihr. Ich reichte sie wieder weiter.

Habe übrigens Frau Brink erzählt, ich könne das Bild auch richtig bezahlen. Sie schüttelt den Kopf, ich soll doch nicht immer wieder davon anfangen, sie bekäme ein schlechtes Gewissen.

6.12.

Heute ist Nikolaustag. Vom Büro Geld geholt. Ich stellte jedem in unserem Haus einen Pappschuh mit Nüssen vor die Tür. Bei Lindes zwei, eins für das ‚Zicklein'. War doch bei Zipfelmützlemkes die Tür auf! Durch sie erfuhr's das ganze Haus. Luzia war ticksch, und Erna Schmoll hatte die Nüsse den Kätzchen vorgeworfen. Alice waren sie zu hart, Liesbeth durfte sie verspeisen. Das alles erfuhr ich durch Frau Polizeirat Lemke.

8.12.

Frau T. eröffnet mir, ich solle Heiligabend das Nachspiel liefern. Bach, ‚Vom Himmel hoch'. Mutter wird übers Fest kommen, da kann sie's hören. Ich übe fast täglich Klavier, Übzeit zwischen fünf und halb sieben abends. So ist es ausgemacht. Von Ratzke diesmal kein Lichtgeld gefordert, Heini, der Sohn, gab es mir anstandslos. Auf die nächste Orgelstunde freue ich mich, trotz Weltraumkälte in der Kirche. Mutter hat mir Übhandschuhe gestrickt, die Fingerspitzen auf Nagellänge freigelassen, der Fingerkontakt mit der Taste bleibt erhalten. – Erna Schmoll?

Wieder fehlt ihr ein Kätzchen, das goldgelbe hübsche (das falbe mit dem aufgeschlitzten Ohr). Als Erna weinte, wippte ihr Zieps gen Himmel. Wie gern hätte ich zupp-zupp gemacht. – Frau Brink ist wieder auf den Beinen. Frau Zeckel heizt bei ihr ein und holt Feuerung von draußen. Schön, wenn die Leute sich untereinander ergänzen.

11. 12.

Mutter schreibt, sie wird kommen. Zum ersten Mal richtigen Besuch. – Wieder Krach mit Ratzke. Die Wäschepfähle sind noch immer verrammelt. Ich stelle ihm ein Ultimatum. Er tollwütet. Zum Zwanzigsten hat der Hof geräumt zu sein! Total!! Unbeschreibliche Reaktion. Er hätte mich wohl gern erschlagen. Ich verschärfte mein Ultimatum, habe so geschrien, dass alle im Haus es hören sollten.

12. 12.

Heute mittag Königsberger Klopse (zwei) mit Kapern. Luzias letzter Angriff. Sie brachte den Nikolauspappschuh zurück. ‚Sie hält es nicht mehr länger so aus, sie will sich mit mir vertragen. Ob ich mich wirklich verloben will. Und warum ich immer so bin, wie ich bin. Was sie mir getan habe.‘ (Theatertränen?) Ich spielte Stock: kalt, hart, unbeweglich, hölzern, knochig. Sie warf sich mir aufgelöst an den Busen (kuschel-kuschel). Das mochte ich nicht. Ich hob sie hoch, trug sie durch die Tür, stellte sie auf dem Flur ab und sagte: So! – Tür zu. Draußen jammervolles Wimmern. Dann ging eine Tür. Gut, Fall erledigt.

Ratzke trägt Verband um die linke Hand. Er hat sich den ganzen Tag mit Zinkblech und altem Schrott herumgeschlagen. Ist das nicht ein schöner Name, statt Gottlieb Ratzke zur Abwechslung mal Schrottlieb? – Beim Gärtner Alpenveilchen bestellt. Das Büro muss die Rechnung bekommen, denke ich. – Draußen will es tauen. Werden wir grüne Weihnachten haben? Wie schön, dass ich vorhin noch mit Traudchen Rehberg, dem Traudelinchen, rodeln war, ohne H. Nachher hat sie hochrote Bäckelein gehabt, natürlich (natürlich!) nur von Wind und frischer Luft. – Frau Brink brachte die Bücher zurück. Sie sei wieder auf Deck, sagte sie, aber man stünde doch in ihrem Alter immer mit einem Bein vor dem Abgrund.

14. 12.

Orgelstunde. Frau T. ist zufrieden. Ich freue mich, es geht gut voran. Hundekalt ist es in der Kirche. Die Sache mit dem Orgelstromgeld hat sich übrigens erledigt. Vater Rehberg und mein Pastor haben gegen die Kasse geredet. Apropos, Vater Rehberg spendierte heute mittag eine Flasche Plattenseer. Er sagte, ihm wäre so. Ich finde das großartig, wenn einem mal einfach so ist. Furchtbar nette Leute, diese Rehbergs (auch ohne Traudelinchen).

17. 12.

In fünf Tagen kommt Mutter. Ich stelle schon meine Menüs zusammen, denn bei Rehbergs werden wir nicht essen. Also: Nudeln mit Tomatenextrakt, Tomatenextrakt mit Nudeln, Leber mit Klütersoße, Schnitzel mit Klütersoße, Klütersoße mit Schnitzel. Mehr kann ich nicht. Doch: Tütensuppen. – Ratzke musste schnellstens ins Krankenhaus. Blutvergiftung am Arm. Seine Frau sagt (sagt Frau Lemke) er hat sich neulich beim Wegräumen verletzt. Ich (ich!) hätte die Schuld, ich (ich!) hätte ja befohlen, den Hof zu räumen, sagt sie (sagt Frau Lemke). – Frau Linde schneidet mich, wegen ihrer Tochter? Übrigens hat es zwischen den Damen Neumann und Pürzel gekracht. Wieder mal. Ich mischte mich nicht ein. … – Gerd Ratzke knipst immer das Flurlicht aus, wenn unten einer langgeht. Dieser Lümmel. Ich werde ihn verprügeln, damit er sich merkt, was er darf und nicht darf. (Ist das richtig? Oder soll ich mal richtig mit ihm spielen? Mit ihm spielt doch niemand. Oder ihm was schenken?) Die Frau war überraschend gesprächig, als ich mich nach ihrem Mann erkundigte. In drei Tagen kommt die liebe Mutter. Vorhin meinen ersten Weihnachtsbaum gekauft (einsdreiundzwanzig hoch!). Frau Brink will mir einen Hocker leihen und Frau Geffke eine gestickte Weihnachtsdecke. – Die Straßen sind schneefrei, also grüne Weihnachten. – Mit Rehbergs sprach ich über den Ratzkelümmel. Frau Rehberg meinte, Spielzeug könne Wunder tun. Vater Rehberg verwies lieber auf den siebenstriemigen Karbatsch. Damit einen Denkzettel auf den Hintern, das habe schließlich aus ihm einen passablen Menschen gemacht. (Haha!) – In einem kleinen Laden fand ich einen preiswerten Zauberkasten, für Gääti. Erziehungsversuch. Nach Luther muss neben der Rute der Apfel liegen. Besuch bei Ratzke im Krankenhaus. Der Arzt hatte schneiden müssen, Transfusion und alles mögliche. Letzter Punkt. Ratzke konnte nicht fassen, dass ich (ich!) ihn besuchte. Er redete nur von seiner Krankheit (ohne Vorwurf) und zwischendurch immer wieder: ‚Dat, dat kann'k nich fassen, dat Sie dat sind, der mich besuchen kommt. Dat kann'k nich glaum.' Ich ließ ihm drei Äpfel da. Die waren von Frau Geffke. Die meinte, ich dürfe nicht ohne was zu ihm gehen.

21.12.

Morgen kommt Mutter. Mein Weihnachtsfest ist vorbereitet. Vor dem Orgelnachspiel habe ich ein bisschen Angst (Bach: Vom Himmel hoch). Das Stück läuft noch nicht. Frau T. sagt, das muss tingeln, perlen, tickeln. – Vorladung bei meinem Pastor. Er teilte mir Erfreuliches mit, sozusagen als Weihnachtsgabe der Kirchenleitung. Ich soll im Nachbarort die Vakanz übernehmen nach diesem Praktikum hier im Ort. Das hieße Verbesserung der Wohnung und der Bezüge. Wird das die Mutter erfreuen! Ade, liebste Luzia. Luzia stenzte übrigens gestern mit einem Galan durch die Gegend. Heiligabend werde ich die gelieferten Alpenveilchen verteilen. Das Büro hat sie bezahlt.

29.12.

Mutter ist abgefahren. Während sie bei mir war, nahm ich mir für die Notizen (meine Wahrheit, nichts als meine Wahrheit) keine Zeit. – Wie leer jetzt mein Zimmer ist! Witwer- und Witwendasein muss unerträglich sein. Das Gefühl, zurückgelassen zu sein, Einsamkeit, ist schrecklich. Man sollte den vergnatzten Einsamen mehr Verständnis entgegenbringen. Ich glaube, hier habe ich etwas gelernt. – Mutter kocht doch besser als ich! Ich muss mich kurz fassen: Sachen ordnen, Aufgaben abschließen, Abschiedbesuche, Umzug vorbereiten, Pferdewagen ist per 3.1. bestellt (vier Kilometer weiter nördlich). Die Lichtrechnung für Dezember kam. Erhält Büro zurück. Man wird ohne Schwierigkeiten kassieren. – Alice Neumann überraschte mich. Sie stand auf dem Korridor und goss ihre Blumenvase eigenhändig aus. Wie anders sieht sie aus, wenn sie ihre Zähne im Mund hat. Recht manierlich. Ratzke wurde heute entlassen. Es hat wirklich schlimm um ihn gestanden. Ich stieß mit ihm an. Sagt er: ‚Und Dank uk für Ihrn Besuk!' – In den Weihnachtstagen ist der Ratzkelümmel mit dem Zauberkasten von Stube zu Stube gegangen und hat den Leuten was vorgezaubert. Keiner hat ihn abgewiesen! – Frau Linde gab mir zu wissen (Zerrspiegelgesicht), Luzia hätte ja nun einen Freund, aber der wäre nicht so nett wie ich. Aber sie glaube, ‚dass wir doch nicht hätten zusammengepasst'. Peng. Ernas letzte beide Kätzchen tragen seit dem Fest blauseidene Schleifen. Ich hätte rosa gewählt, weil Kätzchen! – Rehbergs heute einen Riesenstrauß vorgekeimter Forsythien gebracht, als Abschiedsgeschenk. Traudel hatte Herrenbesuch. Gut, das erleichtert. – Hübsch war die letzte Kaffeerunde mit Mutter, Frau Geffke und Frau Brink. Das Bild, mein Traumbild, wird im Geiste mit mir ziehen: Holländische Schiffe auf dem Watt, Wolken, Meer, Wasser, Möwen, Himmel, Sonne, Wind. Schade. Erbstück. Ich muss das verstehen. Für Frau Brink das letzte Anbindsel an vergangene Zeiten. – Das Bäumchen nadelt schon. Solange Mutter hier war, hatte ich doppelt geheizt.

– – – – – – – – – – – –

Dieses Lesen hat, Menschen, Szenen, Erlebnisse, vergessene Stunden aus meiner Erinnerung ans Licht hinaufgezogen. Ich muss mich erst fassen. Aber so ist es mit mir.

Immer, wenn ich mich in der Vergangenheit verträume, und dieses Lesen verhalf mir in starker Weise dazu, beginnt lebendig zu werden, was verschüttet zu sein schien. Nichts ist verschüttet. Alles, alles kann zu neuem Leben erweckt werden. Nun, lassen wir das.

Man kann mich nun fragen, wie mein Pastor sich über meine Handlungsweise während der ‚Hospitalzeit' geäußert hat. Ist er sehr kritisch gewesen, habe ich seinen Erwartungen entsprochen? Ach, naja, dieses liebenswürdige, nette Raubein: Ich erinnere mich noch an die letzten Minuten bei ihm. Er sagte etwa so:

„Sie werden uns nun verlassen. Wir wissen wohl, Sie haben sich redlich geschlagen. Aber ein Grundsatz wird doch unumstößlich sein: Wir müssen die Menschen in die Pfanne hauen und verbraten, wie sie sind, auch wenn sie uns nicht in unseren Topp passen wollen. Denn ..."

„Das haben Sie damals auch schon so gesagt. Ist das eine stehende Rede bei Ihnen?"

„Es ist eine stehende Rede, denn sie ist wahr."

„Damals", gab ich zur Antwort, „habe ich Sie nicht recht verstanden. Aber nun gut, ich habe insgeheim auf meinen Leuten herumgehackt und das, was mir an ihnen nicht passte, abgekniffen. Zugegeben, auch zuletzt haben sie nicht alle in meine Pfanne gepasst, aber unterm Deckel hatte ich sie doch."

Da hatte er mir beide Hände abwehrend entgegengestreckt:

„Falsch, ganz falsch, mein Lieber. Nicht Sie haben das getan. Sie waren nur ausführendes Organ. Das Wort, das Sie, Sie selbst gepredigt haben, das hat es getan. Es hat an Ihnen so gearbeitet, dass Sie gar nicht anders sein konnten, als Sie waren. Sie mussten einfach Ihr Wort vor den Leuten wahr machen. Sie meinten mit der Bergpredigt keine Welt regieren zu können, was andere große Männer mal behauptet haben. Sie, Sie selbst haben es doch getan. Ihr ‚Hospital' zum Beispiel. Niemand fragt, wie groß unsere Welt sein muss. Lieben, vergeben, immer, immer wieder neu anfangen, mit jedem! Nur so kann man eigentlich leben. Und nun schwirren Sie ab. Sie haben hier manches gelernt. Und Ihre Leute sicherlich auch."

Ich war entlassen.

Der Fuhrmann war schon zapplig von einem Bein aufs andere getreten, und hinter der Gardine hatte Frau Lemke Position eingenommen, um die Sachen zu zählen, die aufzuladen waren. Zuletzt, ich schäme mich fast, es zu berichten, zuallerletzt war Frau Brink gekommen. Sie trug ein riesiges Etwas, um und um mit Packpapier umschnürt und trat vor mich hin:

„Sie haben immer so wehmütig davon gesprochen. Ich fürchte, ich würde nur noch mit schlechtem Gewissen in meinem Zimmer sitzen können, wenn ich's Ihnen nicht doch überließe."

„Frau Brink!" Ich glaube ihren Namen herausgeschrien zu haben. Und trotz Lemke, trotz Ernachens Pfannkuchengesicht und tausend anderer, ich habe ihr ein, nein, zwei fette Küsse ins Gesicht gedrückt.

So was hatte Frau Lemke noch nicht erlebt. Und ihre Zipfelmütze muss vor lauter Kopfschütteln toll gewippt haben.